嬉孔アイランド 野あそびで、イッて

◆◆◆

阿久根道人
Douto Akune

紅文庫

目次

装幀　遠藤智子

嬉孔アイランド 野あそびで、イッテ

奈良時代に宮中に仕える男女は春先に笊や籠を持って出かけ、春の野草を摘んでは調理して食べた。これを〔野遊び〕と言う。
野遊びは後の花見の起源になったが、現在の花見と違う点は、野遊びは性を楽しむ場でもあったということである。

（小松奎文著「いろごと辞典」より）

プロローグ　新任地は南国　野遊びの秘島

「岡崎《おかざき》くん、何をしてたの？　いつまで待たせるつもり？」

TAKAGI《タカギ》リゾート伊豆大之島《いずおおのしま》総支配人室の昼下がり。腰高から天井までガラス張りの窓から、今日この島に桜の開花をもたらした三月の陽光が燦々《さんさん》と降り注いでいる。

マホガニー製の重厚な執務デスクに両手を突いた女が、入室した僕に向けて突き出した尻を振る。

濃紺のタイトなミニスカートの布地は、張り出しも盛り上がりも見事な尻山に限界まで引き延ばされ、今にも張り裂けそうだ。ムッチリとした太もも、引き締まったふくらはぎが、美しい逆V字を描く。

真っ白な太ももの裏側に青白い血管が透けて見えるのは、パンティーストッキングを穿《は》いていない証拠だ。

この熟れきった媚肉の持ち主は、高木《たかぎ》不動産リゾート開発推進本部長で、TAKAGIリゾート伊豆大之島総支配人を兼務する藤堂美和《とうどうみわ》。僕より十八歳年上の四十四歳で、副総支配人である僕の直属の上司だが、二人きりのときは下の名前で呼ぶことを許されている。

「美和さん、すみません。つい先ほどチェックアウトされた大岳絵以子《おおたけえいこ》様をお見送りしていたものですから」

VIP会員の一人、大岳絵以子はこのリゾート施設の土地を所有していた地主で、週に一度は施設内のホテルのスイートルームに泊まる。そして、仕事が終わった僕が部屋を訪れ、翌日の明け方近くまで、勃起《ぼっき》ペニスで彼女の膣穴や肛門の窄《すぼ》まりを責め立てるのが恒例になっている。それは大岳家が代々所有してきた広大な椿《つばき》農園の一部を高木不動産に売却する際に、美和さんと大岳絵以子が交わした取り決めに基づくものだ。

「じゃあ、仕方ないけど、とにかく早くしなさいっ！」

美和さんがこんなに焦っているのは、これがおよそ四カ月ぶりの僕とのセックスだからだ。美和さんはこのリゾート施設の総支配人でもあるが、リゾート開発推進本部長として一年前から、東京の本社と新規リゾート開発予定地の沖縄の間を往復している。

それまでは直属の上司と部下として一緒に仕事をしていたので、ほとんど毎日のように膣穴と肛門で交わり、美和さんの二つの穴はすっかり僕の勃起ペニスに馴染《なじ》んでいた。しかし、この一年間は、二人が会えるのは美和さんの月に一度の来島時に限られた上に、直近の四カ月間は沖縄で発生したトラブルの対応に追われ、伊豆大之島に来ることができなかった。

僕は大之島在住の大岳絵以子のほかにも数人のＶＩＰ熟女たちとほぼ定期的に交わってきたからいいけど、美和さんは熟れ盛りの肉体を持て余し、沖縄で独り寝の夜を悶々《もんもん》として過ごしてきたはずだ。焦るのも分からないではない。

スラックスとトランクスを脱いで美和さんに近づくと、きつい淫臭と濃厚なフェロモンが鼻腔を満たし、ペニスはたちまち勃起した。

美和さんは右手を後ろに回し、自らタイトスカートの裾《すそ》をまくり上げて尻山を剥《む》き出しにする。豊かな尻山の狭間に黒いＴバックパンティーの股布が食い込んでいる。僕はグチョグチョに濡れている股布を脇にずらし、両手で張り出しの見事な腰をつかんで尋ねる。

「美和さん、最初はどっちがいいですか？」

「決まってるでしょっ！　お、お尻よっ！　お尻の穴にちょうだいっ！」

美和さんは上体をデスクに伏せ、アナル責めの衝撃に備える。僕は美和さんの美脚が描く逆V字の最上部に勃起ペニスを忍ばせ、鶏《にわとり》のトサカのようにほころび出ている美和さんの小陰唇に勃起ペニスをしゃぶらせる。粘度の高い蜜液を勃起ペニス全体に塗り込めるのだ。それだけで、第二の性器となって久しい美和さんの肛門は、薄紅色の窄まりを期待にヒクつかせる。

蜜液をまぶした亀頭を窄まりの中心に押し当て、徐々に体重をかける。整然と放射状に並んでいる緻密なシワが少しずつ広がり、ピッチリと閉じていた窄まりが、ヒナギクの花が咲くように開いていく。

次の瞬間、亀頭がズボッという音を立てて肛門括約筋《かつやくきん》を突破し、窄まりの中に消えた。

「や、やっぱり、岡崎くんのデカマラが……い、一番だわっ！」

「僕も、美和さんの尻穴が一番です。もっと奥まで入れますよ」

「きてっ！　遠慮はいらないわっ！」

全体重を亀頭の先端にのせ、勃起ペニスを美和さんの直腸に沈めていく。肛門括約筋が肉茎をキュッ、キュッと小気味よく締め上げ、無数のヒダヒダを持つ直腸粘膜が、勃起ペニス全体にまったりと絡《から》みつく。

椿農園の農作業で鍛えられた大岳絵以子の尻穴の強烈な締めつけもいいが、四カ月ぶりに味わう美和さんの尻穴は強弱、緩急ともに自在に勃起ペニスをもてなしてくれる。やはり絶品中の絶品だ。

下腹を美和さんの尻山に密着させ、根元まで埋め込んだ勃起ペニスで久々の直腸の温もりを楽しんでいると、叱責《しっせき》が飛んできた。

「岡崎くん、何をしてるのっ！　もっとズコズコしてっ！」

一刻も早く一度イカないと、収まりがつかないようだ。

「分かりました。いきますよ」

僕はゆっくりと腰を引き、亀頭のエラが肛門括約筋に引っかかるまで勃起ペニスを後退させると、今度はまたゆっくりと根元まで埋めていく。それに連れて、肛門の窄まりがおちょぼ口のように引き出されたり、括約筋の内側に沈み込んだりする。その動きを繰り返しながら、徐々にスピードを上げていく。美和さんの直腸粘膜から分泌《ぶんぴつ》された粘液に肉茎がしとどに濡れ、ストロークがスムーズになった。

「これよ、これっ！　今度からは……これを毎日、味わえるんだわっ！」

僕は腰を前後に振りながら、思わず聞かずにはいられなかった。

「ええっ？　それって、美和さんがこの島に常駐を？　それとも……」

「岡崎くんが沖縄に来るのよっ！　沖縄で手伝ってほしいことが……そ、その話は後でっ！　そんなことより、早く、私をイカせてちょうだいっ！」

「は、はいっ！　分かりましたっ！」

それから十分間にわたり、勃起ペニス全体を使ったストロークで美和さんの肛門の窄まりを責め立てた。

「イクッ！　岡崎くんのデカマラで……イクッ！　イクッ！」

美和さんはデスクに伏せていた上体を反らし、天井にむかって絶叫する。肛門活躍筋と直腸粘膜が、勃起ペニスに牙を剥いて襲いかかってくる。

「ぼ、僕もイクッ！　美和さんの尻穴で、イクッ！」

昨夜から明け方近くにかけて、大岳絵以子に三度も精液を搾り取られたにもかかわらず、僕は美和さんの直腸の奥深くに会心の吐精を行った。その間、美和さんはカーペットにイキ潮をしぶかせ、大きな染みを作った。

総支配人室の奥にある専用シャワールームからバスタオルを数枚持ち出し、美和さんの下半身やデスクの幕板、カーペットに飛び散ったイキ潮の始末をする。

その後、服装を整えて部屋の中央にある応接セットのソファーに向かい合って座り、話を聞いた。美和さんが座ると、タイトスカートの裾が太ももの付け根近くまでずり上がり、ハイレグパンティーの股布が目について仕方なかったが……。

高木不動産が取り組んでいる沖縄でのリゾート開発は、沖縄本島の沖合に浮かぶ島を、島民が住んでいる一部のエリアを除いて丸ごとリゾートに造り替えるという壮大なプロジェクトだ。そもそもは高木耕太郎《こうたろう》社長と懇意の沖縄県選出の国会議員が持ちかけてきた話で、島の当時の村長もリゾート誘致に熱心だった。

その野遊里島《のゆりじま》は沖縄本島最北部、翼のない鳥ヤンバルクイナで知られる国頭村《くにがみそん》の北西の沖合い五十キロメートルの東シナ海にある。東京の山手線の内側とほぼ同じ面積を持ち、そのほとんどを亜熱帯雨林が生い茂る山岳地帯が占める。本島から一日に一往復の連絡船があるだけの秘境の島だ。

高木不動産が一年かけて現地調査を行った結果、野遊里島は周囲をサンゴ礁が広がる透明度の高い海に囲まれ、中心部にそびえる野遊里岳の山中や麓《ふもと》には清らかな水が流れ落ちる滝や温泉が湧き出る沢もあることが分かり、リゾート開発に乗り出すことが決まった。

そこで、リゾート開発推進本部長の美和さんが現地に乗り込み、プロジェクトの陣頭指揮を執ることになったのだ。

ところが、去年の秋の野遊里島村の村長選挙で、開発推進に熱心だった村長が敗れてから雲行きが怪しくなった。前村長の高齢と多選を批判して当選した四十歳の女性村長は当初、リゾート開発に反対はしていなかったが、その後あるときから開発に反対するようになったのだ。

「その理由を調べてみたら、どうやら村には女たちのネットワークがあって、その中の誰かがリゾート開発に反対しているようなの」

「それが誰なのかを、僕に突き止めろと？」

「そうよ。あなたのデカマラと絶倫精力があればできるでしょ？」

「できるでしょって、簡単に言わないでくださいよ。地縁も血縁もない秘境の村で、一体どうやって？　そりゃあチ×ポのデカさと絶倫精力にはちょっとは自信がありますけど、そんな閉鎖的な村じゃよそ者は相手にされませんよ」

美和さんは、獲物が罠《わな》にかかったというようにニヤリと笑い、右脚をゆっくりと大きく持ち上げ、脚を組んだ。太ももの付け根までずり上がっていたスカートの裾がさらにまくれ上がり、幅の狭いパンティーの股布を食い込ませた陰裂が陽光に晒《さら》される。

「それが、相手にされるのよ、その島では」

「ええっ？　それって、どういうことですか？」

美和さんによると、その村には琉球《りゅうきゅう》王朝の昔から伝わる「野《の》遊《あそ》び」という風習が残っている。沖縄が初夏を迎える毎年四月の満月の日とその前後二日の計五日間と、毎月の満月の日に、十八歳以上の村人が山や海の自然の中でセックスを楽しむという風習で、野遊里島の名前の由来にもなった。四月の五日間の野遊びを

「大野《おおの》遊び」、満月ごとの野遊びを「月野《つきの》遊び」と呼ぶ。

「明治以降は三親等内の親族同士のセックスは禁止されているけど、男からも女からもセックスを申し込むことができて、申し込まれた方は一応は断ることはできることになってるけど、断ると村八分にされるらしいわ。だから、余程のことがない限り、断られないの。野遊びは、その期間中に外から来た人も参加できるのよ」

最初に肛門の窄まりに勃起ペニスを挿入したとき、美和さんが「やっぱり岡崎くんのデカマラが一番だわ」と言ったのを思い出した。

「と、いうことは……まさか、美和さんも？」

美和さんは一瞬、しまったという表情を見せたが、すぐに立ち直る。

「そ、そうよ、郷《ごう》に入っては郷に従えということわざもあるし、リゾート開発の責任者として、村に溶け込む必要もあったので、何人かと……」

「それで、どうでした？　村の男たちとのセックスは？」

複数の美熟女と定期的な交わりを持っている僕だが、美和さんがほかの男と寝たとなると、やはり嫉妬《しっと》を禁じえない。美和さんはそれを察したようだ。

「まあ、岡崎くんとのセックスに比べたら、ままごとみたいなものね。私がちょっと腰を遣《つか》っただけで、すぐにイッちゃうんですもの。だから、あなたが村の女たちに膣穴や肛門でイク醍醐味《だいごみ》を教えてやれば、女たちは秘密のネットワークを白状すると思うの」

「はあ、そんなにうまくいきますかね？」

琉球王朝だ、満月だ、野遊びだと言われても、いま一つ現実味が湧かない。

「何よっ！　沖縄で私と一緒に仕事するのが嫌だっていうの？」

「そ、そんなことは……喜んで沖縄について行きますっ！」

「ありがとう。そう言ってくれると思ってたわ。それにね、どうしたわけか村の女たちは美人が多いの。特に美熟女が……」

自分でも情けないが、先ほどの美和さんへの嫉妬はどこへやら。美熟女と聞いて急に目尻が下がり、鼻の下が伸びるのが分かった。

「あなたって、相変わらず分かりやすい人ね。まあ、いいわ。それがあなたのいいところでもあるんだから。取りあえず、私は今夜、この最上階のスイートルームに泊まるから、あなたも仕事が終わったら来なさい」

夜九時に副支配人としての仕事を終えて美和さんの部屋を訪ねると、大岳絵以子と一緒だった前夜に続き、明け方近くまで寝かせてもらえなかった。美和さんの膣穴で二回、肛門で一回の計三回、精を搾り取られたからだ。

第一章　未亡人村長に挨拶代わりのアナル絶頂を

三月いっぱいは伊豆大之島で後任の副総支配人に引き継ぎを行い、四月一日に本社で「野遊里リゾート渉外担当課長」の辞令と名刺を受け取ると、その足で沖縄に向かった。僕はいつの間にか、係長を飛び越して、課長に昇進していた。

昼下りの那覇《なは》空港ビルから出た途端、モワッと生温かい南国の空気に包まれた。美和さんの股間に顔を伏せたときに肺腑を満たす生温かく、湿り気を帯びた空気に似ている。もちろん、脳髄を痺《しび》れさせる強烈な淫臭はしないが……。

近くで車のクラクションが短く二度、鳴らされた。振り返ると、黒塗りのミニバンの助手席のガラス窓が開き、運転席に座った美和さんの顔が見える。上着は着ておらず、白いブラウス姿だ。でも、自ら迎えに来てくれたことへの感謝の気持ちも、助手席に乗り込むまでだった。

「今夜は、那覇市内のホテルに私と一緒に泊まって、あなたには明日から現地に入ってもらうわ。ちょうど年に一度の大野遊びの五日間が始まるの」

美和さんは例によって、タイトミニのスカートの裾を太ももの付け根までずり上がらせて車を走らせる。むろん生脚だ。人遣いの荒さも変わっていない。

「分かりました。でも、美和さんは一緒に行かないんですか？」

「私が一緒だと、すぐにあなたが高木不動産の人間だって島中に知れ渡ってしまうでしょ。だから、当分はあなた一人で行動してちょうだい。私は那覇で待機してるわ。村の民宿を三食付きで予約しておいたから、取りあえず、寝るところと食べる物の心配はいらないわ。それに、女将《おかみ》さんは美熟女の未亡人だから、きっと楽しめるわよ」

「それはありがたいですけどで、僕は自分のことを何と説明したら？」

「そうね……リストラされて、気分転換を兼ねて自分探しにやって来たとでも言っておけば？」

美和さんが長期滞在しているホテルの部屋は、セミダブルのベッドが二つ置かれた結構広い部屋で、窓からは那覇港に停泊中の豪華客船が見える。壁際のライティングデスクにデスクトップパソコンが置かれ、その脇に書類が積み上げられている。応接セットのテーブルや片方のベッドの上には、書類や写真などの資料が散乱している。

「随分と散らかってますね。片付けましょうか？」

「これでも片付けたのよ。そんなことより、まずは着任の挨拶よ」

直属の上司からそう言われ、思わず直立不動の姿勢を取る。

「ええー、このたびは……」

「何してるの？　早く着てる物を全部脱いで、おいでなさい」

美和さんは手早くブラウスを脱ぎ、タイトスカートを肉づきのいい尻から引き剥《は》がして足元に落とした。美和さんの純白のセミヌード姿態が、南国の昼下がりの陽光を浴び、ハレーションを起こしている。

それを見て『着任の挨拶』の意味を理解した。慌てて素っ裸になり、美和さんのブラジャーとパンティーをむしり取ると、きれいにベッドメイキングされている方のベッドに一緒に倒れ込む。

「夜は、沖縄の宮廷料理を出してくれるおいしいお店を予約してあるわ。当分は野遊里島の素朴な料理しか食べられなくなるから、そこでたっぷりと栄養をつけるのよ」

それから二時間にわたり、膣穴で一回、肛門で二回の『着任の挨拶』をした。シャワーを浴びた後、夕食に出かけた店は、那覇の盛り場から少し離れた閑静な一角にあり、小さな露地行灯に「酒膳　眞梨邑《まりむら》」とあった。

玄関で靴を脱いで上がると、赤い花をつけた県花のデイゴや棕櫚《しゅろ》の木など南国の樹木が茂る中庭をグルリと囲むように宴会用広間、テーブル席、数人用の個室が並ぶ。小さな料亭といった趣《おもむき》だ。

「ここはね、地元の政財界人や大学の先生たちがよく使うお店なの。あなたも覚えておいて損はないわ。きっと何かのときに役に立つはずよ」

そのときは、後に美和さんの言葉通りになるとは知るよしもなく、ただひたすらおいしい沖縄料理を食べまくった。二時間に及ぶ『着任の挨拶』で腹ぺこだったし、ホテルに戻ったら、今度は朝まで現地入り前の『出発の挨拶』をさせられるに違いない。

それは、今も多くの社員がオナペットにしているエリート美熟女が、自分の媚肉を使ってサービスしてくれる歓迎会であり壮行会だ。本来は喜ぶべきことなのだが、美和さんの場合、何事も度が過ぎしまうのが欠点だ。

おいしい料理に舌鼓を打ち、泡盛でほろ酔い加減になってホテルに戻ると、案の定、明け方近くまでコッテリと精を搾り取られた。翌日は、野遊里島村行きの定期船が出る本島北部の港までタクシーで行ったが、車中ではほとんど熟睡していて、風光明媚《ふうこうめいび》な沖縄の景色を楽しむことはなかった。

定期船の出航に何とか間に合い、美和さんが予約しておいてくれた民宿「やましろ」に着いたのは、ちょうど昼飯の時間だった。

沖縄には珍しい木造二階建ての古民家から迎えに出てきたのは、秘境の島というイメージとはかけ離れた妖艶な熟女だった。琉球絣《かすり》の着物姿でなければ、銀座か六本木のクラブのママが泊っていると勘違いしたかもしれない。

「めんそーれ、岡崎さんね？　女将の山城文乃《やましろあやの》です。よろしくね」

「こちらこそ、よろしくお願いします」

美和さんが教えてくれたところでは、山城文乃は三十八歳の未亡人で、村役場の職員だったご主人は十年前に病死した。一人娘は昨年、那覇にある大学に進学し、本島で生活している。

食事の予約はその日の夕食からだったが、文乃さんは「お腹が空いてるでしょ？」と言って、豚肉のスペアリブがトッピングされた郷土料理ソーキそばを作ってくれた。一度に十人は座ることができる大きな一枚板のテーブルで、ただ一人でソーキそばを食べた。

食事の後、琉球絣に包まれた豊かな尻山を眺めながら文乃さんの後について階段を登り、二階の二間続きの座敷に通された。

「当分はほかにお客様はいないから、両方の部屋を使ってもいいですよ」

「あ、ありがとうございます。そうさせてもらいます」

つまり、今夜からしばらくは、文乃さんと二人きりということだ。そう考えただけで、ペニスに血液が流入しそうになる。

「ところで、岡崎さんはどうしてこんな寂れた島へ？」

僕は、美和さんに教えられたセリフをそのまま口にした。

「会社をリストラされて、気分を変えて自分を見つめ直そうと思って……」

このままいろいろと尋ねられるとボロが出そうだから、話題を変えた。

「あのう……できれば、今日のうちに村長さんに会いたいんです。村長さんが村への移住者の募集を考えていると聞いたもので……」

「村長って、多仲《たなか》美波《みなみ》村長？　移住計画なんて聞いたことないけど……」

「と、とにかく会って、話を聞いてみたいんです」

「着いたその日になんて、岡崎さんもせっかちね、でも、村長なら今時分、うちの前の道を歩いて行ったところにある野遊里岬にいるはずよ」

「どうして、そんなところに？」

「五年前の四月の満月のころに、ご主人が乗った漁船が岬の沖で沈没して亡くなったの。それで毎年、ご主人の命日には、日がな一日、そこで亡きご主人を偲んでいるってわけ」

「今日がご主人の命日なら、僕なんかが邪魔するのはまずいんじゃ？」

それでなくても妖艶な文乃さんの目に、悪戯《いたずら》っぽい光が宿った。

「今日から大野遊びだから、大丈夫《だいじょうぶ》だと思うわ。もしかしたら、誰かが声をかけてくれるのを待っているかもよ」

野遊びの風習は本当にあったんだっ！　そうとあっては、善は急げ。荷をほどくのもそこそこに、白いポロシャツとカーキ色のチノパンという姿のまま、多仲美波村長がいるという岬に向かった。

歩きながら、昨夜の眞梨邑での美和さんの言葉を思い出していた。

「取っ掛かりはまず、多仲美波村長ね。選挙運動中は『リゾート反対』とは言っていなかったし、村長に就任してからもしばらくはむしろ協力的だった。それなのに、なぜ急に反対派に転じたか。それを調べるのが第一歩ね」

彼方に東シナ海の水平線を望む岬の一帯は、整地されて芝生が植えられた広場になっていて、岬の突端にある東屋《あずまや》に一人の女がいた。

屋根を琉球赤瓦で葺《ふ》いた四畳半ほどの広さの六角形の東屋で、石材でできたテーブルとそれを囲む石材の椅子四脚が置いてある。黒いワンピースを着た女はこちらに背を向けて椅子に座り、海を見ている。僕は驚かせないようにわざと軽く足音を立てて近づき、声をかけた。

「素晴らしい眺めですね。お邪魔してもいいですか？」

女がゆっくりと振り向き、その顔を見た途端、僕のペニスの海綿体にドクドクッと血液が流入を始めた。アラフォーで美魔女と呼ばれる元女子アナだと錯覚したのだ。最近、本格的に女優として活動し始めた彼女は、熟れた姿態に極小の水着やスケスケの下着をまとったセミヌード写真集を出版したばかりで、かくいう僕も一冊買い、オナニーする際に何度もお世話になった。

その美魔女が目の前に現れたかと思い、パブロフの犬のように、条件反射でペニスを半勃起させてしまったのだ。それぐらいよく似ている。

「どうぞ、座ってください。私、ちょうど誰かとお話でもしたくなったところだったの」

年のころも顔の造作もよく似ているが、声が明らかに違っていた。元女子アナは澄んだ高い声だが、目の前の女の声はハスキーな低音だ。しかし、人違いだと分かっても、ペニスの海綿体の血液は一向に引いていかないどころか、さらに流入を続ける。

前屈みの不自然な格好《かっこう》で「失礼します」と断り、椅子の一つに腰を下したものの、次に何と言えばいいのか分からない。さすがに、美和さんもそこまでは教えてくれなかった。

すると、扉は向こうから開かれた。

「この島の方じゃないわね？」

「はい、ついさっき着いたばかりです」

「この村に伝わる野遊びの風習……ご存じないかしら？」

「たまたまこの島に来る船の中で聞いて、びっくりしました」

野遊びが目当てで来たわけはないと思わせるための方便だ。

いきなり明け透けに野遊びを持ちかけてくるとは……。それでもまだ、野遊びが本当にセックスを意味するのかとの疑問は残る。

「じゃあ、話は早いわね。あなた、こんなオバサンじゃ駄目かしら？」

女は、さあ品定めしてくれと言うように、僕の目の前に立つ。

「だ、駄目かしらって……何が駄目かって言うんですか？」

「野遊びの風習を知ってるなら、分かるはずよ。私をよく見て、返事をしてちょうだい」

女将さんが言ったことも当たっていた！　そこまで言われれば、遠慮はいらない。僕は目の前の美熟女の頭の天辺から爪先まで、舐めるように観察する。

黒く艶やかな髪をシニョンにまとめ、ノースリーブの黒いワンピースを着ている。胸元には真珠のネックレスが揺れる。亡き夫を忍ぶ未亡人に相応《ふさわ》しい服装といえる。

剥き出しの肩と腕、V字に大きく開いた襟元《えりもと》から覗く乳房は、真珠のネックレスに負けないほど白い。身体《からだ》のラインにピタリと貼りつく前身頃《まえみごろ》は、たわわな胸の形を忠実に浮き上がらせ、熟れたパパイヤのような重量感を見せつける。絞り込まれた切り替えは、ウエストのくびれを強調する。

海風に揺れる膝下丈のフレアスカートから覗く足首は、今にも折れそうなほど細い。ヒールの高いパンプスを履《は》いた白い足の甲には血管が浮いていて、ストッキングを穿いていないことが分かる。全身から醸《かも》し出される艶めかしさもまた、未亡人に相応しい風情と言える。

野遊びにかこつけた罠かもしれないという一抹の不安を残しながらも、触れなば堕ちんという風情を見せてフェロモン全開の美熟女の魅力には抗《あらが》えない。腹をくくって誘いに乗ることにした。

「オバサンだなんて……そんな謙遜《けんそん》は通用しませんよ。僕のペニスはもう半勃《だ》ち状態ですから。そちらこそ、こんなよそ者の若造でいいんですか？」

　今度は女の方が僕を品定めする。

「確かに初めて見るよそ者だけど、若造という範疇《はんちゅう》に入るかどうかは微妙ね。最初に私から野遊びに誘ったときにはドギマギしていたくせに、私の身体を観察するうちに落ち着いてきて、太々しさまで見せるなんて……女の扱い、特に年上の女の扱いに慣れているようだわ」

　女はフレアスカートの前をつまみ上げると、笑みを浮かべながら僕の両脚を跨《また》ぎ、膝の上に腰を下ろす。スカートの中に籠《こも》っていた女の淫臭が海風に吹き上げられ、潮の匂いと入り混じって僕の鼻腔をくすぐる。半勃ちだったペニスはたちまち完全に勃起した。

　女は無言のまま、チノパンのベルトを緩めてファスナーを下ろす。両の睾丸ごと勃起ペニスをつかみ出すと、両手で勃起ペニスや睾丸をチェックするように撫で回してきた。

「もうこんなに大きくしちゃって……エラもしっかり張ってるし、船の沈没事故で亡くなった主人のタニにそっくり。ヤックワンもズシリと重くて……私、もう濡れてきちゃったわ」

女はやはり、多仲美波村長に間違いなかった。美和さんから受けた特命を実行に移す決心をした。多仲美波が腰を浮かしたので、その腰を両手でつかんで支えると、彼女は勃起ペニスの向きを調整し、本人の言葉通り蜜液をしたたらせる小陰唇に亀頭をしゃぶらせてきた。美熟女村長はなんとノーパンだった。

小陰唇と亀頭をひとしきり戯《たわむ》れさせた後、そのまま対面座位の体位でゆっくりと腰を下してくる。亀頭が膣口のきつい締めつけを突破し、たぎるように熱い膣洞に侵入した。

「はうっ！　ホーミーの中に入った感じも、見た目以上に大きくて……そっくりよ。後は、どれだけ長く持ちこたえてくれるかだけど……」

沖縄の言葉なのか野遊里島の方言なのか知らないが、膣穴をホーミー、ペニスをタニ、睾丸をヤックワンと言うらしい。

多仲美波村長は、尻山を僕の太ももに密着させて勃起ペニスを根元まで膣穴に収めると、俺の首に腕を回し、腰を前後にしゃくるように激しく動かす。腰から下は激しく動いているにもかかわらず、ウエストから上は微動だにしない。まるで全力で疾走する競走馬の鞍上の騎手を思わせる。

多仲美波はシニョンにまとめた髪を解き放ち、セミロングの豊かな黒髪を海風になびかせた。東シナ海のうねる波が陽光に輝いている。

「な、なんて気持ちいいんだっ！　昼間っから外でするオマ×コが……こ、こんなに気持ちいいなんてっ！」

「わ、私も久しぶりに……生身のタニでイケそうだわ」

フレアスカートに隠れて見えないが、意外にたくましい太ももを僕の胴体に回して挟みつけ、腰を前後に動かすスピードを一段と上げると同時に、膣穴の締めつけも厳しくなった。このままでは、一方的に責められて終わってしまう。思い切って反撃に出ることにした。

多仲美波の尻に手を回し、両の尻山をガッシリとつかむと、勢いをつけて立ち上がる。いきなりの駅弁ファックに、久々の生勃起を味わっていた未亡人の喘《あえ》ぎ声が一オクターブも高まった。

「ああんっ！　駅弁も主人にそっくりだわっ！　あなた、もしかして……源造《げんぞう》さんの生まれ変わりなの？」

ワンピースの裾が海風にヒラヒラと吹き上げられ、ムッチリとしたたくましい太もも、引き締まったふくらはぎが露わになった。何も身に着けていない美熟女村長の下半身が、南国の日射しを浴びて鈍くハレーションを起こす。

僕は返事をする代わりに、多仲美波の腰を少しだけ浮かせ、下からズンッと突き上げる。

「はうっ！　こ、これも同じだわっ！」

感極まって唇にむしゃぶりついてきた多仲美波をしっかりと抱きかかえ、東屋の回りを歩き回りながら、一歩ごとに腰をズンッと突き上げる。

三周ほどしたところで、美熟女村長は突然、上体を大きく反《そ》り返らせた。

「イクッ！　イクッ！　駅弁ファックで……イクッ！」

「ぼ、僕も出るっ！　キツキツのオマ×コに出るっ！」

しまったと思ったときは、もう手遅れだった。多仲美波が膣穴に勃起ペニスを挿入したまま、イキ潮を噴き始めたのだ。僕は美熟女村長の膣穴の奥深くに精液をしぶかせながら、チノパンの股間から太ももにかけて、生温さがジワジワと広がっていくのを感じた。

イキ潮絶頂の痙攣《けいれん》が治まった多仲美波を東屋のテーブルに腰かけさせ、膣穴から萎《な》えたペニスを引き抜くと、噴き残ったイキ潮がドッと溢《あふ》れ出て、足元にイキ潮溜まりができた。

「あ、ありがとう。主人を亡くして以来、こんなに気持ちのいいセックスは初めてよ。おかげで、素晴らしい野遊びができたわ」

「僕も会心の射精ができました。この野遊里島村に来て、本当によかった」

「あなた、もしかしたら、この先の山城さんちの民宿に泊っているの？」

「ええ、そうです」

「そう。大野遊びの期間中にあなたのようなお客さんが泊まりに来るなんて、文乃さんはラッキーね」

多仲美波はそう言うと、民宿とは別の方向の小道をおぼつかない足取りで歩いて行った。しばらくして車が走り去る音がした。

野遊里島に着いてまだ半日と立っていないのに、早くも最初のターゲットである多仲美波村長とセックスをしてイキ潮まで噴かせた。美和さんが言った通り、野遊びの絶大な効果を実感した。そして、この一件を手始めに、次々と野遊びの恩恵に浴しながら、ミッションを遂行することになる。

民宿に戻ると、女将の文乃さんがチノパンの染みを目ざとく見つけ、匂いをクンクンと嗅いでくる。美熟女村長が噴いたイキ潮の匂いと分かったらしく、その美貌《びぼう》に淫靡《いんび》な笑みが浮かんだ。

「そのままお風呂場に行きなさい。シャワーを浴びて、お客様用の浴衣《ゆかた》に着替えるといいわ。村長のお汁が染みついたズボンは、すぐに洗濯した方がいいわ。きつい匂いが落ちなくなると困るものね」

風呂場と言っても浴槽はなく、シャワーがあるだけだ。シャワーを浴び、文乃さんが持って来てくれた浴衣を着て、二階の自分の部屋に布団の上に横になる。昨日の今ごろは東京から那覇に向かう飛行機の中にいた。移動に次ぐ移動と、セックスに次ぐセックスで、やはりひどく疲れていたらしい。窓から入る心地よい潮風に吹かれているうちに、いつの間にか眠りに落ち、夕食の時間に文乃さんに起こされるまで熟睡した。

その夜、食堂のテーブルには、文乃さんが作った素朴ながら心の籠った郷土料理が並べられた。その料理もさることながら、隣に座った妖艶な美熟女の文乃さんのお酌《しゃく》で飲む泡盛はまた格別の味だった。

村役場の職員だったご主人が十年前に病気で亡くなって以来、自宅を改装して民宿を経営し、一人娘を育て上げた文乃さんの苦労話を聞きながら、注がれるままに泡盛の杯を重ねるうちにしたたかに酔ってしまった。

美しい豊満な人魚にフェラチオや手コキをされる夢を見ていて、ふと気がつくと、二階の座敷に敷かれた布団の上で大の字になって寝ていた。大股開きした脚の間に、全裸の文乃さんが正座してペニスをくわえ込み、ゆっくりと頭を振っている。沖縄の海のようにゆったりとした穏やかなフェラチオだ。

「お、女将さん……」

夢うつつの僕の声を聞いた文乃さんが上体を起こすと、開け放った窓から射し込む十三夜の月の光が、汗ばんだ豊かな乳房を青白く、幻想的に浮かび上がらせる。視線を下げると、股間には漆黒《しっこく》の陰毛が広く生い茂っていた。沖縄で精霊が宿ると言われるガジュマルの木のようだ。泡盛の酔いも残っていて、これが夢なのか現実なのかの区別がつかない。

そんな僕の目を覚まさせるように、文乃さんは左手で肉茎を握り、右手の平で亀頭を包むと、ズリッ、ズリッとこねるように摩擦してくる。

「おおおっ、女将さん、それ、効きますっ！」

慈母のような優しい表情とは裏腹な容赦のない亀頭嬲《なぶ》りだが、そのギャップがまた快感を増大させ、今度こそ完全に目が覚めた。

「岡崎さん、さっきまでお口にいただいてたけど、いいわよね、今夜は野遊びの夜ですもの。それに、女将さんはやめて、名前で呼んでね」

文乃さんは枕元に置いたペットボトルの水を口に含み、口移しに飲ませてくれた。まさに甘露だ。

「水もおいしいし、おか……いや、文乃さんのフェラチオも手コキも、気持ちいいです。そのまま続けてもらってもいいですか？」

「岡崎さんのオチ×チン、昼間は村長に精液を搾り取られた上に、夕食のときはあれだけ酔っていたのに、フェラチオや手コキをしたらすぐに元気になったわ。大きさも形も、とっても立派よ」

「もともと精力には自信があるけど、何だか、今日は特に元気なようです」

「そう、やっぱりハブ酒が効いたのかしらね。夕食のときに出した泡盛は、実は自家製ハブ酒だったの」

「ええっ？　文乃さんがハブを獲《と》ってきたんですか？」

「いくら私が島の女でも、そこまでは……山に住んでる女の猟師さんがくれたのよ」

まさか数日後に、その女猟師と野遊びをすることになるとは、もちろん知る由もなかった。

文乃さんは左手で両の睾丸を握って揉み込みながら、亀頭の鈴口から絶え間なくあふれ出る先走り汁を、右手で勃起ペニスの先端から根元まで満遍なく塗り込めていく。勃起ペニスはズキズキと痛いほど硬くなった。

「これだけ硬くなれば……もう大丈夫ね」

文乃さんは立ち上がり、僕の身体を跨ぐ。ガジュマルの木のような剛毛が、恥丘だけでなく大陰唇や会陰、肛門の周囲にまでビッシリと生《お》い茂っているのが見て取れた。

文乃さんは右手で握った勃起ペニスを垂直に立て、真上からゆっくりと腰を下してきた。剛毛に縁取られた大陰唇が割れ、意外にも鮮やかなサーモンピンク色の小陰唇がほころび出て、パンパンに膨らんだ亀頭にしゃぶりつく。

そのまま膣穴に挿入させるのかと思ったら違った。

「岡崎さんのオチ×チン、後ろの穴でいただきたいんだけど、いいかしら？」

「ええっ？　お尻の穴っていうことですか？」

「そうよ。久しぶりにアナルセックスをしたくなったの。駄目かしら？」

文乃さんはそう言うと、染み一つない尻をこちらに向けて跨ぎ直し、両手で尻山を割り開いて尻穴を見せつけてくる。

肛門の窄まりは、周囲の陰毛の奔放《ほんぽう》な生えっぷりとは対照的に、緻密なシワが放射状にきれいに並んでいる。ジャングルの奥にひっそりと咲く紅色の可憐《かれん》な花のようだ。

「駄目だなんて……僕、実はアナルセックスが大好きなんです。僕もちょうど、文乃さんのお尻の穴に入れたいと思っていたところです」

「やっぱりね。あの村長がお潮を噴いたって聞いて、セックスであの人に太刀打ちできるなんて、きっとお尻の穴のきつい締めつけに慣れているに違いないと思ったの」

「確かにすごい名器の持ち主でしたけど……」

「これまでに何人もの島の男たちが野遊びを仕掛けたけど、どの男も早々に精を搾り取られて、誰一人としてお潮を噴かせるどころか、イカせることすらできなかったの。逆にキンタマが空っぽになるまで搾り取られて、しばらく寝込んだ男も一人や二人ではないわ。この島では、あの人のホーミーは名器を通り越して凶器だって言われてるのよ」

文乃さんは話し終えると、膣穴からあふれ出る蜜液をたっぷりとまぶした亀頭を肛門の窄まりに押しつけ、腰をゆっくりと下してくる。

紅色の窄まりが亀頭の圧力を受けて内側に沈み込み、次の瞬間、ヌルリとばかりに亀頭が肛門括約筋の内側に消えた。続いて、勃起ペニス全体が目いっぱい広がった尻穴に呑み込まれていき、文乃さんの尻山と僕の下腹が密着した。

「ああんっ！　いいわっ！　これよっ！　い、息が詰まるような……この圧迫感と摩擦感……た、堪らないわっ！」

文乃さんが五分ほどで最初の絶頂に達した後、今度は文乃さんを四つん這《ば》いにし、それから十五分にわたって肛門の窄まりを責め続けた。肛門括約筋のきつい締めつけと直腸粘膜のまったりとしたもてなしを堪能し、直腸の最奥部にこの日二度目となる会心の射精をした。

文乃さんはその間に計三回の絶頂に達し、最後に直腸の奥深くで僕の射精を感じると同時にイキ潮を勢いよく噴射し、布団に大きな潮溜まりを作った。

イキ潮と汗にまみれた身体をシャワーで洗って二階の部屋に戻ると、美熟女のイキ潮が染みた布団は片づけられ、新しい布団に新しいシーツが敷かれている。僕はその上に横になり、そのまま深い眠りに落ちた。

昨日の昼間は村長の多仲美波の膣穴に会心の吐精を放ち、夜にはしこたま泡盛を飲み、深夜には文乃さんとアナルセックスまでしたにもかかわらず、この朝の目覚めは爽快で、疲れも酒も残っていなかった。ハブ酒のおかげだろう。二階の部屋まで漂ってきた料理のおいしそうな匂いに、腹がグウッと鳴る。

パジャマのまま階下に下りて食堂に入ると、文乃さんが料理を作っているところだった。

「おはようございます、文乃さん」

「おはようございます。岡崎さん、もうすぐ朝ご飯ができるから、シャワーでも浴びてきたら？　昨日来ていたポロシャツとチノパン、トランクス一式が脱衣場に置いてあるわ」

昨夜は艶めかしい女そのものだった文乃さんが、今朝は親戚の叔母さんの家に泊まりに来ているような寛《くつろ》ぎを感じさせてくれる。

シャワーを浴び、きれいに洗濯されたトランクスとチノパンを穿くと、多仲美波を駅弁ファックでイキ潮絶頂させた記憶がまざまざと甦《よみがえ》り、危くペニスを勃起させそうになった。

食堂のテーブルに炊き立ての白米に味噌汁、ゴーヤーチャンプルー、卵焼き、炒めたスパム、サラダなどの料理が並んでいた。

「昨日は昼間から夜中まで大変だったから、お腹が空いてるでしょ。たくさん食べてね」

チャンプルーは絶品と言ってよく、勧められるままに白米を茶碗に山盛り二杯も食べ、ほかのおかずもすべて平らげた。

「ご馳走さまでした」

「どういたしまして。今日はこれからどうするの？」

「これから村役場に行こうと思うんですが、歩いてどのくらいですか？」

「男の人の足だと、十五分ほどかしら。なんなら、私が車で送って行ってもいいわよ」

文乃さんはそう言ってくれたが、腹ごなしのために歩いていくことにした。

「ありがとうございます。でも、考えごともあるので……」

「美熟女村長に会って、またエッチするんでしょ？」

「や、役場でそんなことできるわけないじゃないですか。昨日はできなかった移住の相談に行くんですよ」

「ええっ？　本当に移住を考えてるの？」

文乃さんが目を輝かせて尋ねる。

「いえ、まだそこまでは……ちょっと話を聞くだけです」

白いポロシャツにカーキ色のチノパン、それにライトブルーのブレザーを羽織り、デイパックに厚手のスポーツタオルを入れて出かけた。

野遊里島村役場は、定期船が発着する港を見下ろす高台にある。鉄筋コンクリート二階建ての小さな学校の校舎のような庁舎だ。四月とは言え、南国沖縄の陽射しは初夏のもので、役場に着いたときには額に汗がにじんでいた。

受付カウンターで、対応に出てきた総務課の女性に名刺を差し出す。

「高木不動産の岡崎と申します。多仲美波村長に面会にやってきました。お取次ぎをお願いします」

高木不動産と聞いて、少し身構えた。

「アポはお取りでしょうか？」

「いいえ。正式には取っていませんが、昨日、野遊里岬でお会いした者だと言っていただければ分かります」

総務課員は名刺をしげしげと眺めながら二階への階段を登っていき、二分ほどして階段をバタバタと駆け下りて戻ってきた。

「お、お待たせしました。ど、どうぞ、こちらへ」

彼女は僕と同じ二十代後半で、よくよく見ると、小麦色の肌がよく似合うエキゾチックな美人だ。階段を一段登るたびに、豊かな尻山がクイッ、クイッと左右に揺れる。やはり、野遊里島村は美人の村らしい。

「どうぞ、中へお入りください」

美人職員が開けてくれた庁舎の南端のドアを入ると、そこが村長室だった。広さは学校の教室ほどで、手前に応接セットがあり、その奥に置かれた執務机の前に多仲美波村長が立っていた。開け放たれた背後の窓からは、雲一つない青空と波が穏やかにうねる東シナ海を望む。

昨日のシックな黒いワンピースと打って変わり、鮮やかなオレンジ色のノースリーブのワンピースを着ている。膝上丈のAラインスカートというエレガントなシルエットだが、絞り込まれたウエストが乳房のたわわさと腰の張り出しの見事さを強調している。

セミロングの黒髪が窓から射し込む陽光を反射して輝き、多仲美波にそっくりのアラフォー美魔女タレントの写真集の一ページのようだ。違うのは、見る者に媚《こ》びるような笑顔ではなく、睨《にら》みつけるような厳しい表情を見せている点だ。

「岡崎さん、昨日はとてもいい思い出ができたと喜んでいたのに、身分を隠して私に近づいたなんて、一体どういうことかしら？　それに、今日はまたアポもなしに役場を訪ねて来たりして……」

口では叱責しながらも、視線は僕の股間の辺りにナラチラと注がれる。昨日と同じチノパンを穿いていることに気づき、自らのイキ潮でグッショリと濡らしてしまったことを思い出しているのだろう。僕は僕で、膝上丈のワンピースの裾から覗く形のいい膝小僧と引き締まったふくらはぎに見とれている。

「僕も島に来て早々、美しい方と大変素晴らしい体験ができたと、うれしく思っていました。名乗らなかったのは、別に身分を隠そうとしたわけではありません。名乗るタイミングがありませんでした」

多仲美波も出会ったときのことを思い出したようだ。初対面の僕にいきなり野遊びの風習を知っているかと尋ね、知っていると答えた僕を「こんなオバサンじゃ駄目かしら？」と自ら誘ったのだ。

顔がポッと赤くなったのは、自分から野遊びのセックスに誘い、僕の勃起ペニスを膣穴で貪り食い、最後には駅弁ファックでイキ潮まで噴いたことを思い出したからだろう。

と、そのとき、ドアがノックされた。さっきの美人職員が二人分のお茶を持ってきて、村長と来訪者が立ったまま対峙していることに戸惑っている。

「あのう、お茶はどちらに置きましょうか？」

我に返った多仲美波は、応接セットのテーブルに置くように指示し、僕に応接用のソファーに座るように勧めた。僕が三人掛けのソファーに座ると、自分は向かい側の一人掛けソファーに腰を下ろす。

大きく開いたワンピースの胸元から、たわわな両の乳房が作る谷間が覗く。ゆったりとしたワンピースの裾は、肉付きのいい尻山に引っ張られ、ストッキングを穿いていない太ももの半ばまでずり上がっている。スカートの裾と両の太ももが作る仄《ほの》暗い三角地帯の奥に、うっすらと白っぽいパンティーが見える。

正面から眺めると、今年四十歳になった未亡人の多仲美波村長と、アラフォーの元女子アナ美魔女タレントのイメージが、どうしても重なってしまう。つい今しがたまで険しい表情で食ってかかってきていたのに、今ははにかむような表情を見せている。その風情が、どこかあどけなさを残した美魔女タレントのイメージと重なるのだ。

「確かに……そうね。あなたは悪くないわ。さっきは、身分を隠したなんて言って、ごめんなさい」

　素直に謝ってくれた美波村長が愛おしくて堪らなくなった。

「いえ、もうそんなことはいいんです。それよりも、僕は昨日の感激が忘れられないんです。野遊びって、同じ相手とは一回しかできないんですか？」

「そ、そんな決まりはないけど……」

「じゃあ、僕は今から、多仲美波さんに野遊びを申し込みます」

「ええっ！　い、今から？　ここで？」

「そうです。野遊びを申し込まれたら、原則として断れないんですよね？」

「それはそうだけど……今は勤務時間中なのよ。いつ、誰がこの部屋に入ってくるか分からないわ」

　多仲美波は野遊びのセックス自体を拒否しているのではなく、白昼の村長室という公の場での野遊びがバレるのを恐れている。

　そこで思い出した。以前に伊豆大之島ＴＡＫＡＧＩリゾートの総支配人室で美和さんとアナルセックスをしていたときのこと。ドアが突然ノックされ、ノブが回される音がした。僕は慌てて美和さんの尻穴から勃起ペニスを引き抜き、執務机の下に隠れた。美和さんは総支配人の椅子に座り、入ってきたフロント係に下半身を剥き出しのまま何食わぬ顔で応対し、事なきを得た。

「大丈夫です。いい方法があります。こっちに来てください」

デイパックを手に取ると、美波村長の手を引いて立ち上がらせ、執務机の向こうに回り込む。

「誰かが入ってきたら、僕は急いで机の下に隠れますから、村長は椅子に座っていつものように仕事をしているふりをしてください」

多仲美波はそれでも不安そうな表情を崩さなかったが、僕は背後に立って背中を押し、天板に両手を突かせる。エレガントなワンピースの裾をまくると、昨日の対面座位でつながった際に僕の胴体に巻きつき、強烈に締めつけてきたたくましい太ももが露わになる。さらに腰骨の上までまくり上げると、白いTバックパンティーを谷間に食い込ませた双子の尻山が姿を現した。

尻山は年齢に相応しくやや垂れており、太ももの裏側との境目に薄く肉の筋が刻まれている。写真集で見た元女子アナの美魔女タレントの尻山と太ももの境目にも、同じような肉の刻印があった。

「ええっ、ほ、本当に……この村長室で野遊びをするつもりなの？」

言葉とは裏腹に、その表情から不安げな色が薄れ、残された理性の欠片《かけら》を最後のひと押しで消してくれることを望んでいるのが分かった。すぐ後ろの窓を大きく開けると、波の音とともに心地よい潮風が室内に吹き込んできた。

「厳密には野遊びとは言えないかもしれないけど、これならアウトドアに近いかららいいでしょ？　それに、村長のエッチな匂いも籠《こも》りません」

波音と潮風が多仲美波村長の理性の最後のひと欠片を、文字通り、きれいさっぱりと吹き飛ばしたようだ。

「分かったわ。昨日は駅弁スタイルだったけど、今日はバックからしようと言うわけね。いいわ。だったら、早くして」

後背位は後背位だが、僕が狙っている穴は、彼女が想像している穴とは違う。

無言のまま、双子の尻山の谷間に食い込んだTバックパンティーの股布を引きずり出し、太ももからふくらはぎの肌のスベスベの感触を楽しみながら引き下ろしていく。うずくまって足首まで下ろすと、村長はヒールの高い白いパンプスを履いた足を片方ずつ上げて完全に脱がすのに協力してくれた。多仲美波の陰裂で温められ、湿り気を帯びたパンティーは、ブレザーのポケットに仕舞った。

熟しきる寸前の尻の後ろにうずくまったまま、たくましい太ももと引き締まったふくらはぎからなる美脚を逆V字に開かせる。すぐさま、昨日チノパンにつけられた染みと同じ淫臭が襲ってきた。

「多仲村長、昨日はいきなりセックスに雪崩れ込んでしまいましたが、今日はじっくりと眺めて、味見もさせてもらいますよ」

「そ、それはいいけど、今は村長と呼ぶのはやめて……名前で呼んで」

「分かりました、美波さん。では、拝見します」

わざと礼儀正しく断ってから深い谷間を作る尻山に手をかけ、左右にグイッと割り開く。完全に無毛の女陰部は、純白の肌の色からは想像できないほど色素沈着が進んでいた。ほころびの大きい小陰唇が、蜜液に濡れそぼつ。ソファーに座って拒絶する素振りを見せながら、生殖器官を濡らしていたのだ。

さらに、特に目を引くのが、周囲よりもさらに色素沈着がひどく、黒光りしている肛門の窄まりだ。本来なら放射状に並んでいるはずのシワも乱れ、まるで踏みにじられた菊の花のようだ。

昨夜、アナルセックスをした山城文乃のそこは、密生した剛毛に広く覆《おお》われている代わりに、色素沈着は薄かった。周囲を剛毛に囲まれた肛門の窄まりは、鮮やかな紅色で、緻密なシワが放射状に整然と並んでいた。

同じ島に暮らす同年代の美熟女同士でも、女陰部の様相は対照的だ。

「うーん。すごいっ！」

「す、すごいって……何がすごいの？」

思わず口を突いて出た一言が、美熟女村長を困惑させたらしい。もしかしたら、自分の陰裂にコンプレックスを持っているのかもしれない。

「美波さんは、外見は色白の可愛らしい美熟女なのに、オマ×コは結構、色素沈着が進んでいる。淫乱の相が出ていますね」

「そ、そんな……淫乱だなんて、失礼よっ！」

口では怒っていながら、膣穴から蜜液がドクッと溢れ出し、小陰唇を伝って落ちた。言葉責めで感じているようだ。もう少し責めてみることにした。

「それに……」

「そ、それにって……まだ何かあるの？」

「ええっ？　知らなかったんですか？」

わざと大袈裟に驚いて見せると、多仲美波はじれったそうに尻を振り、続きを催促する。

「何なのっ？　は、早く教えてっ！」

「お尻の穴ですよ」

「お、お尻の穴が……ど、どうかしたの？」

知りたいけれど知るのが怖いというように、語尾は消え入りそうだった。

「肛門の窄まりが真っ黒で、マン汁に濡れて黒光りしてるんです。まるで踏みにじられて雨に濡れた黒菊のようです」

「ひいっ！」

多仲美波は自分の陰裂の色素沈着が進んでいることは知っていたが、さすがに肛門までは見たことがないらしく、それを口にした男もいなかったのだろう。

「そ、そんなにひどい言い方をしなくても……」

僕はチノパンのポケットからスマートフォンを取り出し、肛門の窄まりをクローズアップで撮影した。カシャッというシャッター音を聞いて振り向いた顔が引きつった。

「ま、まさか、あなたっ！」

「だって、美波さんがひどい言い方だっていうから、百聞は一見にしかずです。ほら、見てください」

黒光りする窄まりのクローズアップ画像を見せてやると、今度は悲鳴を上げることも忘れ、目を丸くして自分の肛門の窄まりに見入っている。

「こ、これが私のお尻の……穴？」

「言った通り、菊の花が黒光りして、乱れてるでしょ」

「た、確かに……その通りだわ」

スマホをポケットにしまい、多仲美波の尻山に向かって宣言する。

「じゃあ、約束通り、味見させてもらいますよ」

多仲美波は返事をする代わりに上体を執務机の上に伏せ、肩幅に開いていた両脚をさらに寛《くつろ》げる。膣穴を舐めやすいようにとの配慮だろうが、僕は膣穴には見向きもせず、黒光りする肛門の窄まりに唇を重ねる。

「そ、そこは違うわっ！　駄目よっ！」

一回り以上年上の美熟女村長の肛門の窄まりを右手の親指の腹で揉みほぐしながら、宣告する。

「誰がオマ×コの味見をすると言いました？　美波さんのオマ×コは昨日いただいたので、今日はここで野遊びするんです」

「嫌よっ、お、お尻でなんてっ！　お願いだから……やめてっ！」

「食わず嫌いはいけませんよ。アナルセックスだって、立派なセックスなんですからね」

「食わず嫌いなんかじゃないわっ！　去年の大野遊びのときに、たまたまこの島に休暇でやって来た黒人としたことがあるの……面白半分でお尻の穴に入れさせたけど、痛いだけで、ちっとも気持ちよくなかったわ。あなたのオチ×チンも同じぐらい大きいから……ア、アナルセックスなんて、とんでもないわっ！」

「そうか。それで菊の花びらが、こんなに荒れてるんですね」

「あんなに痛いのは、二度とごめんだわっ！」

「僕はこれまでに十人ほど女性とアナルセックスをしたことがありますが、皆さん、必ずアナルでイカれます。うそだと思ったら、民宿『やましろ』の文乃さんに聞いてください」

「あ、あなた、文乃さんとアナルセックスを？」

「そうです。文乃さんは一晩で三度もアナル絶頂して、最後には盛大にお潮を噴かれました」

「そ、そうなの？　痛くしないって約束してくれる？」

知り合いの名前を出され、ようやく信用したらしい。電話で問い合わせればすぐにバレるような嘘をつくわけがないと考えたのだろう。

「まずは僕がたっぷりと舐めて、元通りのきれいな菊の花にしてあげます」

それを聞いた多仲美波はしばらく迷った後、僕に肛門をゆだねる気持ちになったようだ。上体を執務机に預けたまま、右脚を折って膝を机の上に載せた。それによって尻山の谷間が一層広がり、顔全体を谷間の奥に密着させることができる。肛門の窄まりを舐めやすくなった。

黒菊に唇をスッポリと被せ、窄まりを吸い出すように強く吸引し、舌先でシワの一本一本を掘り起すように舐めていく。舌先が窄まりを一周したら、今度は逆向きに一本一本のシワを舐める。その円運動の往復を何度も繰り返す。

「美波さんの尻穴、マン汁と汗が混じり合って、生臭くて……とってもおいしいですよ！」

「お、お尻の穴がおいしいなんて……へ、変態よっ！」

僕の取り柄は、気が長く、根気強いことだ。舌先によるアナリングスを続けながら、右手の指と手のひらを陰裂にあてがい、ほころび出た小陰唇や膣前庭、屹《きっ》立《りつ》して陰核包皮から頭を出しているクリトリスを撫でてやる。そうすることで、初めての肛門クンニの感覚と、慣れ親しんだ陰裂の快感が一体になり、肛門を舐められる違和感が薄れるのだ。一帯はすでに粘度の高い蜜液でしとどに濡れ、まさに洪水のような惨状を呈している。

「こうしてお尻の穴を舐められるのって、気持ちいいでしょ？」

多仲美波はしばらくの間、自分の尻穴に意識を集中させ、素直に白状した。

「そうね。お、お尻の穴のシワの一本一本が……岡崎さんの舌で癒されてるって感じかしら。だんだんと気持ちよくなってきたわっ！」

「今度は、窄まりを指でマッサージしていきます」

膣穴から止めどもなくあふれ出る蜜液を指先ですくっては肛門の窄まりに垂ら

し、改めて親指の腹で窄まりのシワの一本一本に優しく塗り込める。

「岡崎さんのソフトな指遣い……なんて気持ちいいのっ！　お尻の穴が、あ、熱くなってきたわっ！」

入念に窄まりを舐め、親指の腹でマッサージすること十五分。刻みの深いシワがイソギンチャクの触手のように妖しく蠢《うごめ》き始め、窄まりはゆっくりと収縮と弛《し》緩《かん》を繰り返す。そのうちに、踏み荒らされた花弁のように乱れていたシワが蠢きながら放射状に整然と並んでいき、持ち主の容姿に相応しい美肛を回復した。

カシャッ！

「どうしたの？　またお尻の穴を撮ったの？」

多仲美波はもはや、シャッター音にも驚かない。尻穴を僕にすっかり任せてくれているのだ。

「見てください。お尻のシワがきれいに放射状に並んでいます」

恐る恐るスマホ画面に目を向けた美波だったが、一目見るなり表情がパッと明るくなった。

「本当だわっ！　これが本来の私のお尻の穴なのね？」

「そうですよ。緻密で可憐な黒菊です。もう一度、キスしますね」

改めて肛門の窄まりに唇をかぶせ、舌先で中心をくすぐると、窄まりは先ほどとは違う動きを見せる。

「美波さんの尻穴が、僕の舌先にキスするように吸いついてきてます」

「分かるわ。お尻の穴が……なんだか切なくなってきたわ。お尻の穴でこんな風に感じるなんて、初めてよ」

「美波さんのお尻の穴が、僕のチ×ポを欲しがっている証拠です。それに、美波さんの窄まりはシワの刻みが深くて、伸縮性に富んでいるアナル名器です。ここまでトロトロにほぐせば、僕のを入れても痛くないはずです」

多仲美波は首をひねって振り向き、僕の顔をまじまじと見て尋ねた。

「岡崎さん、あなた、まだ若いのに、お尻の穴にかなり詳しいようね。そんなにアナルセックスの経験豊富なの？」

「今までに九人プラス一人と、少なく見積もっても千回以上はしました」

「千回以上っ！　そ、それは……すごいわっ！　で、プラス一人が文乃さんで、文乃さんが三回も絶頂した上にお潮まで噴いたってわけね？」

　僕は黙ってうなずいた。すると、多仲美波の目からアナルセックスへの不安や迷いが一切消え、代わりに淫蕩《いんとう》そうな鈍い光が宿る。その顔に、文乃さんへの対抗心も見て取れた。

「分かったわ。そこまで言うのなら、私のお尻の穴のセカンドバージン、岡崎さんにあげるわ。だから、絶対にイカせてよっ！」

「分かりました。では……」

　ここは、職務時間中の村長室だ。そうと決まれば、邪魔が入らないうちに多仲美波をイカせるに如《し》くはない。昨日の二の舞にならないように、チノパンとトランクスを脱いで村長の椅子に置く。

　セミヌード写真集をオナニーのオカズにしていた元女子アナ美熟女タレントそっくりの多仲美波の尻穴を存分に舐め、吸い上げたのだ。ペニスの海綿体の充血率は百パーセントを超え、痛いほどに勃起している。

「まずは潤滑油代わりに、マン汁をいただきます」

　そう言って、勃起ペニスを多仲美波の膣穴に無造作に挿入し、二度、三度とスライドさせて全体に蜜液を塗りつける。

「はうっ！　いきなりホーミーにっ！　こ、これも気持ちいいっ！」

挿入したときと同じように勃起ペニスを膣穴から無造作に引く抜くと、蜜液を滴らせる亀頭を肛門の窄まりに押しつける。

「では、今日のメインディッシュをいただきます」

「い、いよいよなのね？　最初はそおっとしてね。お願いよっ！」

僕が亀頭の先端に体重をのせていくと、多仲美波は無意識のうちに背筋に力を入れて上体を反らし、エサを求める鯉のように口を開ける。

「もうすぐですよ。もうすぐ、一番太いところが窄まりを通過します」

刻みの深いシワが広がり、窄まりの中心が亀頭の一番太い部分と同じまで開いたとき、亀頭を押し返えそうとする圧力が消えた。

亀頭が多仲美波の肛門括約筋を突破し、直腸の中に沈んだのだ。

「は、入ったのねっ！」

「入りました。痛くはないですね？　血も出ていませんよ」

「何だか変な感じ。気持ちいいのか悪いのか……わ、分からないわ」

「気持ちよくなるのは、これからです。奥まで入れますよ」

僕は、肉茎で肛門の窄まりのきつい摩擦を味わいながら、十秒以上かけてゆっくりと勃起ペニスを根元まで挿入する。僕の下腹が、多仲美波の肉付きのいい尻山に密着した。

「はうっ！　胃の中まで、串刺しにされてるみたい……だけど、お、岡崎さんが言う通り、痛くはないわ」

多仲美波の肛門括約筋は見事な伸縮性能を発揮し、肉茎をグイグイと締めつけたかと思うと、フッと締めつけを緩めて歓迎の意を表する。その奥にある直腸粘膜は、パンパンに膨らんだ亀頭に一分の隙《すき》もなくまとわりつく。

「や、やっぱり、美波さんの尻穴は名器中の名器ですよ」

「私のお尻の穴、岡崎さんのタニにだんだん馴染んできたみたい。もっと動いても大丈夫そうよ」

多仲美波は改めて執務机に上体を伏せ、排泄器官への勃起ペニスによるストロークに備える。挿入したときと同じくゆっくりと勃起ペニスを引き抜いていくと、極限まで伸びきって黒い肉の輪となっていた肛門の窄まりが、おちょぼ口のように肉茎に吸いついてきた。

「こ、今度は内臓を全部、引きずり出されそう！　アナルセックスが……こんなにすごいとは知らなかった。あの黒人のときとは、えらい違いだわ」

亀頭のエラが肛門括約筋に引っかかるところまで引き出すと、今度はさっきより少し早いスピードで根元まで挿入する。その後、ストロークの幅はそのままに、抜き挿《さ》しを徐々に早めていくと、肉茎に新たな粘液が絡みつき、肛門の窄まりと肉茎の滑りが格段によくなった。それは、直腸が分泌する蜜液とも言うべき粘液で、直腸が快感を覚え始めてきた証拠だ。

「今度は、お尻の穴が……う、内側から熱くなってきたわっ！」

アナルセックスに快感を覚え始めた多仲美波は、執務机に両手を突いて上体を起こすと、顔を後ろに向けて口づけを求めてきた。僕は口づけをしながら、左手でワンピースとブラジャーの上から乳房を揉み、右手を前に回して無毛の陰裂に忍び込ませる。硬くシコって屹立したクリトリスはすぐに見つかり、親指と人差し指、中指の三本の指でやや強めにこねてやる。

「お尻の穴をズコズコされながら、クリトリスをいじられて、オッパイまで揉みくちゃにされるなんて……こ、こんなの初めてよっ！」

「ほかの性感ポイントはすべて責められてるのに、肝心のオマ×コだけがほったらかしですよ。ご自分の指で可愛がってやったらどうですか？」

「そ、そんな恥ずかしいことを……私に、しろと言うのね？」

僕が答えないでいると、多仲美波はさらなる快楽への誘惑に負け、右手の中指と薬指を揃えて膣穴に挿入した。そして、いきなり泡立て器でホイップクリームでも作るように力任せにかき混ぜる。

「美波さん、激しいですね。美波さんの指、直腸の中の僕のチ×ポにぶつかってますよ」

「し、仕方ないでしょ！　こんなときに誰かが入ってきたら、絶対にバレちゃうわ。だから……は、早くイカないと……ハウッ！　もうすぐよっ！」

「分かりました。僕も一緒にイケるように頑張ります」

左手でたわわな乳房を揉みしだき、右手の三本指でクリトリスを血がにじむほど強くひねり上げ、僕の下腹と美波さんの尻山がぶつかってパンパンパンと音を立てる勢いで勃起ペニスを尻穴に突き入れる。

「す、すごいわっ！　こんなことっ、なにっ、信じられないっ！」

多仲美波は意味不明の言葉を吐きながら背中を反らし、顔を天井に向ける。排泄器官は初めての激しい快感に痙攣を起こし、肛門括約筋と直腸粘膜が勃起ペニスに襲いかかってきた。まもなく絶頂に達し、昨日の岬でのイキ潮絶頂のときのように大声を上げるに違いない。そうなったら、怪鳥のような大絶叫が、役場中に響きわたってしまう。

僕はとっさに、執務机の上に置いたデイパックからスポーツタオルを取り出し、多仲美波の口に突っ込んだ。このタオルはそもそも、美熟女村長が絶頂に達したときに膣穴に押し当て、イキ潮を吸収させるために持ってきたのだ。それを思い出したが、またもや時すでに遅しだ。

「うぐっ！　うぐっ！　うぐっ！」

多仲美波は口いっぱいに詰められたタオルに声にならない絶叫を放ち、役場中に知られることは避けられた。しかし、イキ潮は村長室のフローリングの床に勢いよく噴射され、その間に、僕は激しく蠢く直腸に吐精した。

執務机の下の床はイキ潮浸しになったが、脱いでおいたチノパンとトランクスは無事だった。そのトランクスとチノパンを穿き、イキ潮を噴き終えて執務机の上に突っ伏した多仲美波の口からスポーツタオルを引き出し、イキ潮と蜜液をしたたらせる小陰唇や太ももの内側、ふくらはぎを拭《ふ》いてやる。そして、ポッカリと開いた肛門から流れ出る精液をぬぐい、床のイキ潮溜まりを吸い取らせた。最後に、部屋の隅に置いてある観葉植物の鉢の上で吸い込んだ水分を絞り、デイパックにしまい込む。

「岡崎さん、ご、ごめんなさいね。後始末までさせてしまって……」

初めてのアナル絶頂の余韻に身悶《みもだ》えする多仲美波に代わって、腰の上までまくれ返ったワンピースの裾を下ろし、村長の椅子に座らせたとき、入り口のドアがノックされた。僕が慌てて応接用ソファーに戻ると、例の美人職員が冷たい麦茶が入ったコップを載せた盆を持って入ってきた。僕のコップは応接セットのテーブルに、多仲美波のコップは執務机の上に置く。

「岩本《いわもと》さん、気が利くわね。どうもありがとう」

「どういたしまして。何やら村長が大きな声で話しておられましたので、喉が乾いておられるかと……それよりも、村長のお顔……」

「か、顔に何かついてる？」

「いいえ。なんだかスッキリとしたような、いい表情をしておられるなと思いまして……」

「そ、そうかしら。ありがとう。もう下がっていいわ」

岩本と呼ばれた美人職員が一礼して退室すると、多仲美波が麦茶を一息に飲み干し、僕の向かい側の応接用ソファーに戻ってきた。

「私のパンティーを返して。お股がスースーして落ち着かないわ」

「これは、僕の質問に応えていただくまで預からせていただきます。もともとTバックだから、穿いていてもいなくても、あまり変わらないでしょ？」

僕が高木不動産の社員だということを思い出したのだろう。また急に村長の顔に戻って表情が険しくなった。

「な、何よ、質問って？」

「単刀直入に伺います。多仲美波村長がわが社のリゾート開発に反対されている理由は何でしょうか？　当初は反対されていませんでしたよね」

「そ、それは……この村の環境が……」

「前任の岩本和夫《かずお》村長の時代にアセスメントを行い、環境問題は完全にクリアしたはずです」

自分で言ってから、美人職員も岩本と呼ばれていたことを思い出した。もしかしたら、前村長の家族か親戚かもしれない。

「わが社はすでに、事前調査などに三千万円以上の経費をかけています。開発計画が御破算になった場合に備えて、野遊里島村に対して損害賠償を請求する裁判の準備を進めていますが……」

裁判の話はハッタリだが、多仲美波の顔色が変わった。

「しかし、裁判沙汰になると、リゾートが完成したとしてもイメージが悪い。そこで、なるべく穏便に解決するために僕がやって来たわけです」

今度は顔が少し和らいだ。

「リゾート反対に回った理由を教えていただけないのであれば、先ほどの女性職員にこれをお渡ししようと思います。村長のお潮をたっぷりと吸ったスポーツタオルと一緒に、『村長の落とし物です』と言って」

僕は多仲美波のパンティーを入れたブレザーのポケットを、上からポンポンと叩く。

「そ、そんなことは……駄目よっ！」

「どうなるでしょうね、前村長が、自分を落選させた現村長がこともあろうに、職務中に村長室で野遊びをしていたことを知ったら……週刊誌やテレビのワイドショーに教えるかもしれませんね」

「あ、あなた、さっきの職員が前村長の娘だと、なぜ知っているの？」

イチかバチかの賭けは成功した。多仲美波の狼狽《ろうばい》ぶりは、見ていて気の毒に感じるほどだ。太ももをわななかせたため、ワンピースの裾が太ももの付け根近くまでずり上がり、ひらひらと潮風に吹かれて色素沈着が進んだ陰裂が丸見えになっていることにも気づかない。

「美波さんが岩本さんと呼んだので、もしかしたら、と思っただけです。そんなことより、僕としては、美波さんの名誉を傷つけるようなことはしたくありません。ただ、リゾート開発反対に回った理由を教えてくれるだけでいいんです。それとも、職務中に村長室で野遊びした村長としてワイドショーに追いかけ回されるか……二つに一つです」

眉間にシワを寄せ、うつむいて思案する風情は、まさに西施《せいし》の顰《ひそみ》だ。そんな美熟女村長が、太ももばかりか陰裂まで僕の目に晒しているのだから堪らない。

「決心がつかないなら、もう一度野遊びをしますか!? 今度は美波さんのオマ×コを堪能させてもらいますよ」

無茶苦茶な論理だが、相手が混乱の極致にあるときは、理不尽な申し出の方が効果がある。うつむいたまま僕をチラリと見た目に、案の定、思わずゾクッとするほどの妖艶な光が宿った。

「分かったわ。でも、やっぱりここでは駄目。夜八時に私の家に来てちょうだい。そうしたら、リゾート開発反対に回った理由を教えて上げるわ」

僕にその理由を教える前に、もっとイキ潮絶頂を味わうつもりなのだ。それを拒否する理由はない。

「分かりました。今夜八時に伺います。そのときまで、これはお預かりしておきます」

もう一度ブレザーのポケットをポンと叩き、イキ潮の匂いがプンプンするスポーツタオルが入ったデイパックを手に、村役場を後にした。

役場の裏山の頂上にある公園の展望台に登り、リゾートの建設予定地を見渡した。鬱蒼《うっそう》とした亜熱帯の森にホテルやコテージなどが点在する光景を思い描き、この仕事を何としてもやり遂げなくては、という思いを新たにした。

宿に帰る途中で一匹の野良猫がついてくるのに気づいたが、無視して歩いた。

宿に着くと、玄関の掃除をしていた文乃さんが迎えてくれた。

「お帰りなさい。あら、岡崎さん、猫たちに人気があるようね」

振り返ると、野良猫は五匹に増えていた。

「猫ちゃんたち、背中のリュックを狙ってるみたいよ。何が入ってるの？」

猫たちは多仲美波村長の生臭いイキ潮の淫臭を嗅ぎつけたらしい。

「タ、タオルです。役場の裏山の展望台に登ったときに汗をかいて、それを拭いたから匂ってるんです」

「そうだったの。じゃあ、早く洗わないと……こっちに寄こしなさい」

文乃さんは僕の背中からデイパックを引き剥がし、中を見た。

「何、この生臭い匂い？　汗の匂いじゃないわね。分かった。昨日、あなたのチノパンについてたのと同じ匂いだわ。あなた、まさか……」

文乃さんの嗅覚と推理力の鋭さに呆然としていると、もう一つの動かぬ証拠を見つけられてしまった。

「ブレザーのポケットから覗いている、その白い紐のような物は何かしら？」

「こ、これは……」

慌てて隠そうとしたが、文乃さんの手がタッチの差で早くポケットに伸び、引き出された。

「やっぱりだわ。あなた、今日も多仲美波村長としたのね。このTバックパンティーは戦利品というわけね」

文乃さんは白いTバックパンティーを僕の目の前でヒラヒラさせながら、追い詰めた鼠《ねずみ》をいたぶる猫のように尋ねてくる。

「そ、村長室で……野遊びをしただけです。べ、別に悪いことじゃ……」

「じゃあ、美波さんはお潮をたっぷりと噴いた後、今はノーパンで仕事してるってわけ？」

「そうなりますね。でも、今夜、そのパンティーを返しに行かなければならないんです」

「分かったわ。パンティーは洗っておいてあげるから、あなたはシャワーを浴びておいでなさい。あなたが何の目的で美波さんに近づくのか知らないけど、お昼ご飯を食べた後、お昼寝でもして身体を休めておいた方が身のためよ」

昨夜、文乃さんがアナルセックスの前に教えてくれた「キン×マが空っぽになるまで搾り取られて、しばらく寝込んだ男も一人や二人ではない」「名器を通り越して凶器だ」という言葉を思い出した。それに対抗できるだけの体力を温存するために、文乃さんの勧めに従ってたっぷりと昼寝した。

夕食に栄養満点の文乃さんの手料理を食べ、約束の八時ちょうどに、漁港を見下ろす小高い丘の上にある多仲美波村長の自宅を訪れた。それは、珊瑚からできた石灰岩を積んだ石垣に囲まれ、琉球赤瓦を葺いた平屋の伝統家屋が三棟も連なる豪壮な邸宅だった。文乃さんの情報によれば、一人息子は那覇の大学に通うため、三年前に島を出て行ったという。美熟女村長は一人でこの大きな屋敷に暮らしているのだ。

石垣を入ると、広い芝生の庭の向こうに、生成《きな》りの麻のゆったりとしたワンピースを着た多仲美波が縁側に腰かけているのが見えた。

「こんばんわ。入ってもよろしいですか」

「来たのね。上がって、奥の間にどうぞ」

縁側で靴を脱いで上がり、居間を抜けて奥の部屋に通された。その部屋は伝統的な外観からは想像もつかないまでにリフォームされている。まるで高級リゾートホテルの客室のようだ。

十二畳ほどの部屋にライトグレーのカーペットが敷かれ、左側の壁にヘッドボードを押しつけるようにキングサイズのベッドが置かれている。右側の壁は備え付けのドレッサーと東南アジア調の木製ルーバー扉が並ぶ。入り口の向かい側には、床から天井までの大きなサッシ窓があり、遥か彼方の漆黒の海の上に小さな灯《あか》りが点在する。東シナ海で操業する漁船の漁火《いさりび》だろう。

「素敵な部屋ですね。まるで外国に来たみたいだ」

「そんな月並みなお世辞はいいから、返すものを返してくれるかしら？」

多仲美波は、僕が持っていた紙袋を取り上げ、中を改めた。

「洗濯してあるわ。役場でのこと、文乃さんに知られてしまったのね」

「すみません。多仲村長のお潮の匂いに釣られて、民宿まで猫が五匹もついてきちゃって……」

「何をわけの分からないことを言ってるの？　そんなことよりも、さっさとやることをやりましょ」

　多仲美波が着ていたワンピースを頭から脱ぐと、煌々《こうこう》たるシーリングライトの下、日本的な顔立ちに似合ずメリハリに富んだ純白の裸身が現れた。考えてみれば、彼女の裸身を見るのは初めてだ。

　多仲美波は自らベッドに上がり、一糸まとわぬ身体を横たえた。褐色の乳首と乳輪を戴くたわわな乳房、くびれたウエストから急カーブを描いて張り出した腰回り、無毛の恥丘の下には色素沈着が進んだ陰裂が続く。さらに、たくましいまでにムッチリした太もも、引き締まったふくらはぎ……まるで十八世紀スペインの画家ゴヤが描いた名画「裸のマハ」そのものだ。

　そのあまりの美しさに呆然と見とれてしまった。

「何をグズグズしてるの！　リゾートに反対している理由を聞き出すんでしょ。だったら、早く服を脱いでおいでなさい」

「わ、分かりました。今すぐ……」

村長室を引き揚げるときは僕の方が圧倒的な優位に立っていたのに、今は形勢が完全に逆転している。気の強い美熟女を相手にするときは、なぜかいつもこうなってしまう。

素っ裸になってベッドに上がると、多仲美波はヘッドボードに立てかけた大きな枕に背中を預け、自ら両脚をM字に大きく開く。いきなりクンニを催促しているのだ。

M字開脚の中心では、色素沈着が進んだ大陰唇がパックリと割れ、充血した小陰唇が内側の粘膜を見せてほころび出ている。まるで満開に咲いたオレンジ色のハイビスカスの花のようだ。

僕は食虫花に誘《おび》き寄せられる昆虫のように、きつい淫臭と濃厚なフェロモンを放つ花びらの中心に顔を伏せていく。鼻腔を満たす強烈な刺激臭に脳髄は痺れ、頭の中にピンク色の靄《もや》がかかる。

それから先の記憶は曖昧だが、多仲美波の膣穴と肛門に二回ずつ射精したことは、おぼろげながら覚えている。

ふと目を覚ますと、すでに空は白み、間もなく日が昇る時刻だった。起こさないようにそっと身支度を整えて帰ろうとする僕に、多仲美波が笑いながら声をかけてきた。

「あら、あなた、リゾート建設反対の理由を聞かなくていいの？」

そうだ。そのためにやって来たのに、多仲美波のあまりの淫蕩さとタフさに圧倒され、肝心なことをすっかり忘れていた。

「いいわ。私を数えきれないほどイカせてくれたご褒美に、教えてあげる。野遊里岳の麓で暮らしている大月菜々緒《おおつきななお》から反対するように頼まれたからよ」

「大月菜々緒さんですね。彼女はなぜ、リゾート建設に反対を？」

「さあ、聞いていないわ。彼女の一族は、リゾート予定地の野遊里岳の山麓に山林を所有していて、林業を営む傍ら猟師もしているの。一族を挙げて村長選挙の応援をしてくれたから、彼女から頼まれたら断れないってわけよ」

「それじゃあ、反対の理由は、彼女に聞くしかないんですね？」

「そうなるわね。彼女は山暮らしで鍛えてるから、私なんかとは比べものにならないぐらい手強いわよ。心してかかることね」

「は、はい。ありがとうございます。そうします」

民宿「やましろ」に這々《ほうほう》の体《てい》で帰り着くと、昼過ぎまで泥のように眠った。多仲美波の蜜液とイキ潮にまみれたまま寝たためか、かつて深夜テレビでやっていたアマゾネス映画の夢を見た。夢の中で僕は、ビキニを着て腰にパレオのような布を巻いた女戦士のような大月菜々緒に、容赦なく顔面騎乗されていた。それが正夢になるとは思いも寄らなかった。

第二章　女猟師《アマゾネス》は木の枝ディルドがお好き

　下腹に快感を覚えて目を覚ましたのは、昼過ぎだった。股間を見ると、民宿の女将の山城文乃さんがフェラチオをしてくれている。

「いつまでも起きてこないから心配して見に来たのよ。そうしたら、うなされながらタニを大きくしていたから、楽にしてあげようと思って……」

　確かに、アマゾネスのような野生的な女性に顔面騎乗され、今にも窒息死させられそうな夢を見ていた。そんな悪夢から、文乃さんはゆったりとした穏やかなフェラチオで救い出してくれたのだ。

「文乃さん、気持ちよくしてもらって、ありがとうございます。嫌な夢を見ていたものですから、助かりました」

「そうなの。じゃあ、嫌な夢を忘れられるように、お口で抜いてあげるわね。でも、こんなこと、岡崎さんにだけの特別サービスよ。どのお客さんにもしているなんて、思わないでね」

「あ、ありががとうございます。よろしくお願いします」

文乃さんはそれから三十分近くにわたり、左手で睾丸を揉み込みながら、右手で勃起ペニスの角度を変えてパンパンに膨らんだ亀頭を舐めたり、きつく窄めた唇を肉茎の根元から亀頭のエラまで何度もスライドさせたりしてくれた。ペニスはこれ以上ないほどギンギンに勃起しているのに、身体も心もまったりと蕩《とろ》けるような気持ちのよさだ。ゆっくりと射精感が高まってくる。

「ああ、文乃さん、とっても気持ちいいです。そろそろイキそうです」

すると、文乃さんの動きが一転して激しくなった。口で亀頭を強く吸引し、右手を全速力で疾走する機関車のピストンのような速さで動かして肉茎をしごき、左手で両の睾丸をグリッ、グリッと揉み込んでくる。

「おおおっ！　ふ、文乃さん、気持ちよすぎる……イクッ！　イクッ！」

文乃さんはそれでも勃起ペニスをくわえたまま、両手で勃起ペニスを激しくしごき続ける。下腹の奥で快感が爆発し、僕は腰を思い切り突き上げて熱い奔流《ほんりゅう》を文乃さんの喉奥深くに解き放った。文乃さんは、僕が最後の一滴を放ち終えるまで、吸引を続ける。

「文乃さん、ありがとうございます。こんなに穏やかな気持ちで、こんなにたっぷりと射精したのは久しぶりです」

文乃さんは口いっぱいに溜まった精液をゴクリと呑み込むと、もう一度ペニスを根元まで呑み込み、お掃除フェラを施してくれた。

「ぐっすり眠って、出す物も出したから、お腹すいたでしょ？　シャワーを浴びて、食堂においでなさいね」

沖縄伝統のかりゆしの花柄ワンピースを着た文乃さんに給仕されて遅い昼食をとりながら、今日は大月菜々緒に会うつもりだと告げると、文乃さんの顔色が変わった。

「岡崎さん、大月さんに何の用事があるの？　会ってどうするの？」

急に険しくなった文乃さんの顔つきから、これは何かありそうだと察した。でも、大月菜々緒に会う目的を話せば、僕が何をしにこの島にやってきたかがバレてしまう。民宿を営む文乃さんにとって、リゾート開発は生活を脅かすものでしかないはずだ。民宿「やましろ」を追い出されるかもしれないと不安になり、話すことをためらっていると、文乃さんは突然、テーブルの上の食べかけの食器を片付け始めた。

「あ、文乃さん、どうして？　まだ食べ終わってませんよ」

「岡崎さんがこんなに水臭い人だとは思わなかったわ。私を信用できないんだったら、私も岡崎さんをただの宿泊客として扱いますからね」

「で、でも……」

「お昼ご飯の時間はとっくに過ぎてるから、片付けているのよ」

「そ、そんな……わ、分かりました。言います！　言いますから、最後まで食べさせてください」

食い意地が張っているゆえのとっさの判断だったが、後々それが幸いしたことが明らかになる。

「分かってくれれば、いいのよ。私は岡崎さんにアナルまで許したんだから、岡崎さんも私に気を許してほしいわ」

文乃さんは機嫌を直し、食器を元通りに並べてくれる。

「それで、菜々緒さんにはどんな用があるの？」

自分は実は高木不動産の社員で、最初はリゾート開発に反対していなかった多仲美波村長が、なぜ反対に転じたのかを調べるために島にやって来たことを説明した。

「ふーん。それで島に来た早々、村長に会いたがったわけね」

「はい。昨夜、村長から『大月菜々緒から反対するように頼まれた』と聞き出したんです。で、次は大月菜々緒さんに話を聞こうと……」

「仕事なら会いに行くのは仕方ないけど、今日これから行くのはやめた方がいいと思うわ」

「どうしてですか？」

「あなた、菜々緒さんが住んでる大月家って、どこにあるか知ってるの？」

「野遊里岳の麓と聞きましたけど……」

「どうして家がそんなところにあるかは？」

「村長から、大月一族は野遊里岳一帯に山林を持っていると聞きました。それと、猟師もしていると……」

「菜々緒さんも猟師なの。例のハブ酒のハブをくれたのが菜々緒さんで、ハブだって手づかみで捕まえるのよ」

僕が観た映画でアマゾネスが闘ったのは確か大蛇のアナコンダだったけど、僕はハブにしろアナコンダにしろ、蛇は苦手だ。

「それはともかく、大月家に行くには、途中までは車で行けるけど、後は獣道のような山道を延々と歩いて行くしかないわ。今から出発したら、着くころには日が落ちているわ」

文乃さんは悪戯っぽい表情になって、僕の顔を覗き込む。僕の勇気が試されていると感じたが、ここは負けるが勝ちだ。

「そ、そうですか。暗くなってからお邪魔するのは、菜々緒さんにもご家族にも失礼ですし……行くのは明日にします」

文乃さんの表情がパッと明るくなり、テーブルの向こうから身を乗り出して食後のお茶を差し出してくれた。大きく割れたワンピースの胸元から両の乳房が作る深い谷間が目の前に迫る。

「明日は、朝の六時起きよ。朝ご飯の後、七時になったら私が車で途中まで送ってあげるわ」

「六時起きですか？　随分早いですね」

「それでも、菜々緒さんに会える場所に着くのはお昼前ごろよ」

「会える場所？　彼女の家じゃないんですか？」

「家よりももっといい場所よ。その場所を知っているのは菜々緒さんと私だけだから、誰にも邪魔されずに二人きりでとことん話し合いでも何でもできるわ。あなたの体力と精力が持てばだけど……」

そう言えば、多仲美波村長も「彼女は私なんかとは比べものにならないぐらい手強いわよ。心してかかることね」と言っていたっけ。

男をやっつけるアマゾネスの姿が脳裏をよぎったが、深く考えるのはやめにして、話題を替えた。

「でも、文乃さんは、その場所をどうして知っているんですか？」

「そ、それは……」

文乃さんは少し口ごもってから、続けた。

「な、菜々緒さんはおいしい料理を食べたくなると、うちに泊まりに来るの。菜々緒さんにもらったハブを漬けたハブ酒をお返しに持たせてあげたりして親しくなって……それで、その秘密の場所に連れて行ってくれたの。大きな滝や緑の原っぱがあって、とっても素敵なところよ。登山口まで車で送ってあげるわね」

「はい。よろしくお願いします」

「そうと決まれば、あなたは腹ごなしに散歩でもしてきなさい。私は晩ご飯に栄養のあるものを作るために、買い出しに行ってくるわ」

そこまで気持ちよく協力してくれる文乃さんに、やはり尋ねずにはいられなかった。

「文乃さん、協力してくれるのはありがたいですが、リゾートができたら民宿のお客さんが減っちゃうんじゃないですか？　それなのに、どうして？」

「そうなったら私、今ですら収入が不安定な民宿なんかやめて、リゾートの従業員寮の賄《まかな》い婦にでも雇ってもらうわ。そのために、今のうちに岡崎さんに恩を売っておくのよ。よろしくね」

そこまで割り切っているのだったら、こちらも素直に甘えさせてもらおう。

「文乃さん、お願いがあるんですけど……」

「なあに？　何でも言って」

「散歩に行く前に、また文乃さんのアナルをいただけないかと思って……」

「いいわよ。私もフェラしながら、ずっとモヤモヤしてたの」

というわけで、二人でシャワールームに入り、立ちバックでアナルセックスをした。僕は文乃さんの直腸の奥深くに射精をし、文乃さんは全開のシャワーにも負けない勢いでイキ潮を噴いた。

その夜は、豚の三枚肉を砂糖、しょうゆ、泡盛で煮込んだラフテーや、ヘチマと豚肉とスパムと豆腐を炒め煮にした味噌風味のナーベラーンブシー、豚足を煮込んだテビチ、サッパリとした海ぶどうといった数々の郷土料理に舌鼓を打ちながら、大月菜々緒が獲ったハブを漬けたハブ酒を飲んだ。

その際の文乃さんの話によれば、大月家は代々、野遊里岳一帯の山林を所有して林業を営む。父親が十年前になくなったため、菜々緒は二十歳にして八代目の女当主となった。本業の林業のほかに、猟師として害獣やハブの駆除を行っている。現在三十歳の菜々緒は独身。同じく林業と狩猟を生業とする血縁者らと、一つの集落に暮らしているという。

精力がつくというハブ酒が効いたのか、翌朝は六時きっかりにスッキリと目が覚めた。おまけに朝勃ちまでしていたが、大月菜々緒との対決に備えて、オナニーや文乃さんとのアナルセックスは我慢した。そして、これまた栄養満点の朝食を食べた後、長袖ポロシャツにカーゴパンツを身に着け、文乃さんに車で野遊里岳への登山道の入り口にある駐車場まで送ってもらった。

「はい、これを持っていって」

車を降りるときに、ズッシリと重い風呂敷包みを渡された。

「おおっと……結構重いですね」

「二人分のお弁当よ。うまくいって、もしかしたら菜々緒さんと一緒に食事をすることになるかもしれないでしょ。それに、うまくいかなくて万が一、遭難したときにも食糧は多い方がいいわ」

「そ、遭難ですか？　野遊里岳で？」

「野遊里岳を馬鹿にすると怖いわよ。外から来た登山者が年に数人は遭難して、救助隊が出る騒ぎになるわ」

「わ、分かりました。心して登ります」

弁当の風呂敷包みをデイパックに仕舞い、登山道に向かおうとした僕に、文乃さんが声をかけてきた。

「どこに行けば、菜々緒さんに会える可能性が高いか、覚えているわね？」

「はい。登山道の途中に流れる川の上流にある滝ですね」

「そうよ。川を遡《さかのぼ》っていけば、たどり着けるわ。私は四時ごろ、ここに戻ってきて待っているわ。じゃあ、頑張ってね」

笑顔で手を振って登山道を登り始めると、文乃さんの言葉が嘘やはったりでないことがすぐに分かった。登山道とは名ばかりで、ゴツゴツした岩場や急峻な斜面を登り下りする獣道だ。そんな道を一時間ほど進むと、流れの緩やかな沢に出た。恐らくこれが野遊里川だろう。

そこから登山道を離れ、水に濡れて滑りやすい岩場の道なき道を上流に向かって進む。文乃さんに教えられなければ絶対にこんな真似はしないだろう。

全身ずぶ濡れになりながら野遊里川を遡上《そじょう》すること一時間。身長と同じぐらいの小さな滝をよじ登ると、ドドドドドッという水音が聞こえてきて、突然、景色が開けた。

そこは、周囲を高さ十メートル以上はある岩壁に囲まれた、テニスコート一面ほどの広さの原っぱだった。奥には滝があり、かなりの量の水が流れ落ちる。その滝壺から流れ出たせせらぎが、僕が遡ってきた野遊里川に続いているのだ。この滝や垂直の岩壁に囲まれた原っぱは、高木不動産調査部が作成した野遊里島の地図にも載っていなかった。

一面に青々とした草が生い繁る原っぱの中央に、幹と枝だけになった白い枯れ木が立っている。空間全体が薄い霧に包まれ、名前は思い出せないが、有名な日本画家の画集で、こんな光景が描かれた絵を観たことがある。

ここは菜々緒にとって聖地であるに違いない。滝の音以外は何も聞こえず、えも言えぬ幻想的な雰囲気に包まれている。あたりに人影は見えない。

聖地の中央に立つ枯れ木に近づき、腰の高さで約四十五度の角度に上向きに突き出ている枝にデイパックをかけようとして、おかしなことに気づいた。その枝は太さ約三センチ、長さ二十センチほどで、枯れ木のほかの部分は白化しているのに、この枝だけは油でも塗り込めたようにツヤツヤと黒光りしていた。

それだけではない。やや上向きの枝の先端部分は、なんと子供の拳《こぶし》ほどの大きさの亀頭そっくりに削り出されているのだ。見た瞬間、僕の勃起ペニスを模したのかと錯覚しそうになったほど、大きさも形も似ていた。

鼻を近づけると、生臭い淫臭が染みついているのが分かった。林業を営む大月家当主の菜々緒が、自ら木工の腕前を発揮して削り出し、オナニーに愛用している天然木ディルドに違いない。ヌメるようなテカリ具合や染みついた淫臭のきつさからして、相当に使い込まれているのは明らかだ。

と、そのとき、背後で滝の音ではない水音がして、鋭い女の声がした。

「誰だっ？　そこで何をしてる？」

すごみのある声に、昨夜の夢に見たアマゾネスの姿が頭に浮かんだ。恐る恐る振り返ると、滝壺の浅瀬に立っている女の姿は、そのアマゾネス以上に衝撃的だった。

女は、下腹を黒い毛皮で覆っただけの裸身を見せて立っていた。乳房を隠そうともせず、腰のあたりまである黒髪や小麦色に日焼けした全身から、水をしたたらせている。今の今まで姿が見えなかったのは、恐らく滝に打たれていたからだろう。

「お前は誰だ？　どうやってここに来た？」

女は浅瀬から出ると、全身から殺気を発しながら、ゆっくりと間合いを詰めてくる。近づくにつれ、女の下腹を覆っているのは毛皮ではなく、南国の密林のように繁茂した陰毛だと分かった。普段ならペニスが勃起するところだが、今は逆に縮みあがってしまった。

「お、大月菜々緒さんですね？　僕は岡崎慎太郎《しんたろう》と言います。怪しい者ではありません。民宿『やましろ』の山城文乃さんから、ここに来ればあなたに会えるかもしれないと教えてもらって、やって来ました」

「文乃さんから？　それで、私に何の用だ？」

女は相変わらず乳房も密生する陰毛も露わにしたまま、どこにも力みのない自然体で立っている。にもかかわらず、依然として凄まじい殺気を発している。この女に駆け引きは通用しないと思った。

「多仲村長がリゾート開発反対に回ったのは、大月菜々緒さんから反対するように言われたからだと、多仲村長本人から聞きました。それで、あなたがリゾート開発に反対する理由を教えてもらいに来たのです」

　こんなときでも、南国の密林か黒テンの毛皮を貼りつけたような陰毛や、山城文乃や多仲美波ほどたわわではないが、形のいい小麦色の乳房と淡いピンク色の乳首から目が離せない。ついでに言えば、菜々緒の全身はしなやかな筋肉に覆われていて、腹部にも腰回りにも余分な脂肪はほとんどついていない。まるでオリンピックに出場するアスリートとファッションモデルを足して二で割ったような肉体美の持ち主で、野生の女豹《めひょう》のようでもある。身長は一七五センチの僕よりも少し低いぐらいか。

「そう言うからには、お前は高木不動産の人間だな。理由を聞いてどうする？」

「理由をお聞きした上で、ご不満やご不安を解消して、反対を撤回してもらいたいと思っています」

「そんな杓子定規《しゃくしじょうぎ》な返答で、私が素直に答えると思ったのか？」

　聖地に土足で踏み込まれた怒りに、切れ長の目が吊り上がっているが、高い鼻梁、上唇は薄く下唇はぷっくらとした口元、シャープな線を描く顎《あご》のあたりに知性を感じさせる。美和さんが言っていた通り、菜々緒もまた美人の一人だ。

野生美あふれる菜々緒の身体を頭の天辺から爪先まで、舐めるように見つめているうちに、出会いの衝撃から立ち直り、度胸が股間から湧いてきた。それは度胸と言うよりも、この鍛え抜かれた美しい肉体を味わって見たいという下心と言うべきかもしれない。その証拠に、ペニスの海綿体にドクドクと音を立てて血液が流れ込んでいる。

「そうは思っていませんが、実はもう一つ、目的があってやって来ました」

僕は腰を突き出し、ペニスが勃起を始めた股間を見せつけた。カーゴパンツは渓流の水を吸って身体にピッタリと貼りつき、体積を増しつつあるペニスをクッキリと浮き上がらせる。

「もう一つ？　何だ、それは？」

勃起しつつあるペニスを見る菜々緒の目に、たじろぎとも期待ともつかない色が浮かぶ。木の枝を削ったディルドが、僕の勃起ペニスにそっくりだったことを思い出した、完全勃起を遂げたペニスとともに、下心がさらに膨れ上がり、後押しされた。

「菜々緒さんと野遊びをすることです」

大月菜々緒は僕をまじまじと見つめ、大声で笑い出した。形のいい乳房が揺れ、黒テンの毛皮のような陰毛が震える。

「わ、私と野遊びを？　村長や文乃さんから私の評判を聞いていないのか？」

「多仲村長は、私なんかとは比べものにならないぐらい手強いわよ、と言っていました」

「それを知った上でノコノコとやって来るとは、余程のたわけ者か、見かけによらず剛の者か……」

僕はデイパックを背中から下ろして靴と靴下を脱ぎ、ポロシャツとカーゴパンツ、それにトランクスも素早く脱ぎ捨てた。勃起ペニスが勢いよく現れ出る。全裸には全裸を、だ。一面に広がる草はフカフカの絨毯《じゅうたん》のように柔らかく、その下は細かい粒子の砂地で、思いのほか心地よい。

野遊びと聞いて笑い飛ばした菜々緒だったが、野遊里島で生まれ育った者にとって野遊びの風習は特別で、性感神経をいたく刺激するものらしい。おまけに、日ごろ愛用している木の枝ディルドにそっくりな生勃起ペニスを目の前に突き出されている。さっきまで全身から発せられていた殺気と威圧感に揺らぎが見え、菜々緒の視線は僕の顔と股間を目まぐるしく行ったり来たりしている。十人並みの特徴のない風貌と、腹を打たんばかりに隆とした勃起ペニスを天秤《てんびん》にかけ、たわけ者か剛の者かを値踏みしているのかもしれない。ここは攻めどきと見て、僕は一気にたたみかける。

「確か、野遊びを申し込まれたら、余程のことがない限り、断ってはいけないんですよね？ それに、あんな木の枝を使ってオナニーをするよりも、もっと気持ちよくさせてあげますよ」

枯れて白化した木の幹から突き出た黒光りする天然木ディルドを指差すと、菜々緒はカッと目を見開いた。文乃さん以外の誰にも知られていない聖地を侵された怒りと、女として他人に絶対に知られてはならない性戯を見透かされた羞恥《しゅうち》とで顔を真っ赤にし、一糸まとわぬ裸身をわななかせて立ち尽くしている。乳房と陰毛が先ほどとは違う揺れやそよぎを見せている。

「そこまで言うなら、野遊びの相手になろう。島の男たちは怖気《おじけ》づいて私に野遊びを仕掛けてこないので、生身の男は久しぶりだ」

「お、怖気づいて？」

「何年か前、私と野遊びした男たちが立て続けに腎虚《じんきょ》になって、それ以来、誰も私に寄りつかなくなったのだ」

「腎虚？　精力を吸い取られて廃人同様になるっていうアレですか？」

「そうだ」

文乃さんによれば、多仲美波村長に野遊びを仕掛けた男たちがキン×マを空っぽにされ、しばらく寝込んだそうだ。その美波が「私なんかとは比べものにならない」と言うのだから、菜々緒が何人もの男を腎虚にしたというのも、まんざら嘘ではなさそうだ。

「まずは、お前のタニを味見させてもらおうか」

言い終わったときには、菜々緒は僕の足元にひざまずき、右手に勃起ペニスを握っていた。常日ごろハブや野生動物を相手にしているだけに、その動きは俊敏だ。左手のひらに両の睾丸を載せ、重みを測るように揺する。滝に打たれていたせいか、菜々緒の手はひんやりと冷たくて心地よい。その指は思いのほか柔らかく、しなやかだ。

「太さや長さは、あの木の枝とほとんど同じだ。タマはズシリと重くて、精がたくさん詰まっていそうだ。相手にとって不足はない」

時代がかった口ぶりに、小さく吹き出してしまった。

「何がおかしい？」

勃起ペニスと睾丸を握られていては、強くは出られない。手は柔らかく、指はしなやかでも、握力は強そうだ。

「いえ、笑ったりしてすみませんでした。でも、何だか決闘でもするみたいだなと思ったものですから」

菜々緒は会話をするのは時間の無駄だと思ったらしく、亀頭に唇をかぶせたと思ったら、勃起ペニスを一気に根元まで呑み込んだ。

「おおっ、菜々緒さん、いきなりそんなに奥まで……き、気持ちいいです」

菜々緒は上目遣いに満足そうにうなずくと、口を窄めて頬が凹《へこ》むほど強く吸引しながら、頭を前後に激しく動かす。右手も連動させ、唾液で濡らした肉茎を、ひねりを加えたストロークで容赦なくしごいてくる。

吸引の激しさも右手のストロークの力強さも、これまでに相手をした熟女たちとはケタ外れだ。しかも、口の中では、ざらつく舌が亀頭を満遍なく舐め回し、左手のひらで睾丸をサワサワとくすぐる。

　滝を流れ落ちる水音だけが響く中、菜々緒は疲れも見せず、ひたすらハードなフェラチオと手コキを見舞い続けてくる。五分ほどすると、下腹の奥で快感が爆発的に膨んできた。

　僕は「イクッ！」と心の中で叫び、菜々緒の喉奥に向かって大量の精液を噴き上げた。菜々緒は突然のことに目を丸くして驚き、射精を続ける勃起ペニスを吐き出すと、精液が顔に降りかかるのも構わずに激しくむせた。

「何も言わずに射精するとは無礼なっ！　粘っこい精液が気管に入って、危く死ぬところだ」

「な、菜々緒さんのフェラチオと手コキが、あまりにも気持ちよすぎて……すみませんでした。今度は僕が、菜々緒さんを気持ちよくしてあげます」

　僕は菜々緒の足元にひざまずき、しなやかな身体をうつ伏せにする。鍛え上げられたアスリートのように引き締まった尻山を、断わりもせずにグイッと引き上げたが、菜々緒はさしたる抵抗も見せず、上体を草の上に預けたまま、尻山を急角度で突き上げる姿勢を受け入れた。思いも寄らない射精による喉奥攻撃で当初の戦意を喪失してしまったのだろうか。

滝の音だけが響き渡る原っぱの中央で、全裸の女がうつ伏せになり、地面に膝を突いて引き締まった筋肉質の尻山を高く掲げている。その背後では、やはり素っ裸の男がひざまずき、女の尻山を抱きかかえている——。もしも岩壁の上から覗き見る者がいるとしたら、山奥でのこんな光景に驚くに違いない。

菜々緒が滝壺の中から全裸で僕の前に現れて以来、思いもよらない展開に驚かされ、ずっと主導権を取られっ放しだった。だが、これからは、僕が主導権を握る番だ。

「まずは、菜々緒さんの尻穴から……」

小麦色に日焼けした両の尻山に手をかけて大きく割り開くと、尻山の谷間も下腹と同様に、漆黒の剛毛がビッシリと繁茂していた。その剛毛を指先でかき分けると、ようやく紫色の肛門の窄まりが現れた。窄まりには深く刻まれたシワが放射状に整然と並び、まるで蓮華草の花のようだ。回りを取り囲む黒い芝生のような剛毛が、色鮮やかな肛門の窄まりの可憐さを引き立てる。

「なんてきれいな尻穴なんだっ！」

僕はうなるように言って、菜々緒の肛門の窄まりにむしゃぶりついた。

「はうっ！　そ、そんなところに……キ、キスするなんてっ！」

「菜々緒さんはお尻の穴を舐められたことがないんですか？」

「そんな変態なこと……あるわけがないいっ！」

島の人間はどうやら、野遊びでアナルセックスはしないらしい。多仲美波村長は島に遊びに来た黒人に半ば強引にアナル処女を奪われ、アナルセックス恐怖症になった。文乃さんは恐らく、本島や本土から来た宿泊客にアナルセックスの味を教えられたのだろう。

菜々緒は肛門の窄まりへのキスを変態だとののしりながらも、尻を逃がそうとはしていない。何年ぶりかで生勃起ペニスを目の当たりにし、生精液を飲まされたことで、男の性臭に酔い始めているのかもしれない。

「菜々緒さんも、こんなに素敵なお尻の穴を持っているのに、使わないなんてもったいないですよ」

「し、尻の穴に、素敵も何も……」

「そんなことはありませんよ。今、見せてあげます」

僕はデイパックの外ポケットからスマートフォンを取り出し、菜々緒の肛門を撮影する。多仲美波のときもそうだったように、自分の肛門の窄まりの様子を納得させるには、写真を撮って見せるのが一番だ
カシャッ！

「な、何をした？」

「菜々緒さんのお尻の穴を撮ったんですよ。ほら、見てください」

菜々緒は怖いもの見たさで、恐る恐るスマホの画面に目をやる。

「こ、これが私の尻の穴？」

「どうですか？　黒い芝生に咲いた蓮華草の花のようにきれいでしょ？」

「そ、そう言えばそうだが……」

「きれいなだけじゃないですよ。一本一本のシワの刻みが深くて、放射状に整然と並んでるのが分かりますか？」

「それがどうしたと言うのだ？」

「これは肛門の窄まりが伸縮性に富んでいて、勃起ペニスを懇《ねんご》ろにもてなしてく

れると同時に、感度も抜群にいいというアナル名器の証拠です」

「め、名器だと？　わ、私の尻穴が？」

口調がわずかにやわらぎ、菜々緒が肛門をほめられたことを喜んでいるのが分かった。

「そうですよ。こんなに素晴らしいお尻の穴を使わないなんて、宝の持ち腐れです。もったいないですよ」

と、そのとき、菜々緒に何かひらめいたようだ。

「お、おまえ、もしかして……村長の多仲美波ともアナルセックスを？」

「はい、僕も楽しませてもらって、多仲村長にもお潮を噴くほど感じてもらいました」

「村長は黒人に尻を犯されて、アナル恐怖症のはずだ」

「でも、黒人に傷つけれたお尻の窄まりをたっぷりと舐めてあげたら、多仲村長は癒されると言って喜んでくれましたよ」

菜々緒は無意識のうちに肛門の窄まりをヒクつかせている。未知の行為に対する恐怖と、自分も多仲美波のようにアナル絶頂してイキ潮を噴いてみたいという願望とが、菜々緒の心と肉体の中で闘っているのだ。

「分かった。私が多仲美波と同じように潮を噴くか、おまえが精液を最後の一滴まで搾り取られて腎虚になるか、二つに一つだ」

「承知しました。もしも菜々緒さんがお潮を噴いたら、なぜリゾート開発に反対するのか、教えてもらいますよ。いいですね？」

「教えてやる。約束だ」

僕は菜々緒の草の上に突いた両膝を肩幅以上に広げさせ、改めて菜々緒の尻山に正対する。紫色の肛門の窄まりの下で、やはり剛毛に覆われた大陰唇がパックリと割れ、ほころびの小さい小陰唇が鮮紅色の粘膜を覗かせている。こちらも、陰毛の黒と鮮かな紅色の対比が見事だ。野性味あふれる外見に似合わず、菜々緒の女陰部は、淑《しと》やかで優美な佇《たたず》まいを見せている。

その淑やかな女陰が太陽の光を受け、キラキラと輝いている。小陰唇が蜜液に濡れているせいだ。アマゾネスのような菜々緒の中に眠っていた『女』が目覚めつつあるに違いない。

先ほどは思わずむしゃぶりついてしまったが、今度は肛門の窄まりにそっと唇を重ね、舌先で放射状に並んだシワの一本一本を掘り起こすように順番に舐めていく。そして、シワを掘り起こしながら一周するごとに窄まりを吸引し、中心を舌先でくすぐる。そして、次は反対回りにシワを舐めて、同じことを繰り返す。

「菜々緒さんのお尻の穴、とってもおいしいです」

滝の音だけが響く中、根気強く十五分ほど舐め続けると、滝の音に混じって菜々緒の喘ぎ声が聞こえるようなった。

「ああんっ！　何だか尻の穴が熱くなってきた」

「多仲村長が、癒されるって言った気持ち、分かってもらえましたか？」

「そうだな。アナルセックスは二度としないって言っていた村長が、その気になったのも分かる……」

菜々緒の生殖器官に目をやると、膣穴からあふれ出る蜜液は、小陰唇を滴り落ちるまでに増えている。言葉遣いも徐々に女らしくなっている。したたる蜜液を指先ですくい、肛門の窄まりに塗り込んでいくと、窄まりは呼吸をするように、ゆっくりと収縮と弛緩を繰り返す。

「菜々緒さんの肛門の窄まりが、指先にキスしてます。そろそろ僕のチ×ポを入れますよ」

「いいけど、そっとだぞ」

他人に見られることすら恥ずべき排泄器官を、初対面の男に舐められたり吸われ、生殖器官から大量の蜜液を分泌させたことで、菜々緒の身体は本人の意思に反して、一人の女に戻りつつあるようだ。

最初から菜々緒のアナルを狙っていたわけではないが、蓮華草のような可憐な窄まりを見た瞬間から、アナル以外に標的は考えられなくなっていた。

蜜液をしたたらせる膣穴に亀頭をこすりつけると、本来の主役であるはずの膣穴が、待ってましたとばかりに亀頭に吸いついてくる。だが、膣穴との別れを惜しみつつ、蜜液にまみれさせた亀頭で菜々緒の肛門の窄まりを撫でると、窄まりは膣穴に負けじと、放射状に並んだシワを自ら寛げる動きさえ見せる。まるで、愛しい恋人を受け入れるかのように。機は十分に熟した。

菜々緒の引き締まったウエストを両手でつかみ、ゆっくりと腰を引き寄せ、亀頭の先端に体重をのせていく。窄まりは肛門括約筋の内側に押し込まれながら、徐々にシワが伸びて中心が広がっていく。

「そんなに息まずに、息をゆっくりと吐いてください」

菜々緒が言われるままに息を吐いた次の瞬間、亀頭を押し止めようしていた圧力が消え、ズボッという音とともに亀頭が肛門括約筋の内側に沈んだ。

「は、入った！　裂けたりしていないか？」

「はい、血とかは出ていません。安心してください」

「思ったほど痛くはない、けど、ものすごい圧迫感だっ！　尻の穴がこんなに広がるなんてっ！」

ものすごい圧迫感を感じているのは、僕も同じだ。山での狩猟生活で全身の筋肉が鍛えられているせいか、菜々緒の肛門括約筋の締めつけは、こちらも思わず息んでしまうほど強烈だ。

「な、菜々緒さんの肛門の窄まりで……チ×ポの先がちょん切られてしまいそうだっ！　僕も、こんなの初めてですっ！」

本能的に勃起ペニスを尻穴から引き抜こうとしたが、亀頭のエラが肛門括約筋に引っかかって抜け出せない。引くのが駄目なら、押してみるしかない。

「もっと奥まで入れますよ。さっきみたいに息を吐いてください」

僕は中腰になり、菜々緒の尻を上から押さえつけるようにして、一センチ刻みに勃起ペニスを菜々緒の尻穴に埋め込んでいく。

「おおおっ！　い、胃の中まで突き上げられてるみたいだっ！」

僕はシリコンゴムのようにきつく締めつけてくる括約筋に肉茎をしごかれ、脂汗を流しながら勃起ペニスを根元まで挿入した。可憐な紫色の窄まりは、肛門括約筋の内側に押し込まれている。

今度は菜々緒の尻山に両手を突き、腰を引き上げる。少しずつ姿を現してくる肉茎と一緒に、括約筋の内側に押し込まれていた窄まりが、肉茎に吸いついて引きずり出されてくる。亀頭のエラが肛門括約筋に引っかかるところまで勃起ペニスを引き出すと、おちょぼ口のようになった菜々緒の肛門の窄まりは、強い摩擦を受けて淡い紫色から赤紫色に変わっていた。

菜々緒は、肛門に異物を挿入された衝撃をどう受け止めたらいいのか決めかねている様子で、上体を草の上に預けたまま横顔を見せ、目を大きく見開いてじっとしている。しかし、肛門括約筋は、侵入物を闇雲に排除しようとするのではなく、持ち主に代わってその味を吟味するように食いしめてくる。引き出された肉茎には、直腸粘膜から分泌されたヌルヌルの粘液が付着している。

たった一度のストロークで、菜々緒の排泄器官はアナルセックスに順応しようとしている。やはり、アナル名器に間違いない。

「菜々緒さん、大丈夫そうなので、続けますよ」

しなやかな筋肉に覆われた腰骨を両手でガッシリとつかみ、ゆっくりと抜き挿しを繰り返す。さっきまではいっぱいに開かれていた目は半眼になり、その横顔にはかすかに笑みさえ浮かべている。

「だ、だんだんと、苦しさが薄れてきた……続けても、いいぞ」

菜々緒の肛門括約筋は、勃起ペニスのストロークを助けるように弛緩と緊張を繰り返し、直腸粘膜は亀頭にまったりと絡みつきながら蠕動する。初めてのアナルセックスとは思えないほど懇ろなもてなしだ。分秘される直腸粘液の量も格段に増えている。

「菜々緒さんの尻穴、思った通りアナル名器です。最初からこんなに気持ちよくしてくれる尻穴は初めてです」

少し誇張も交えてほめてやった。これまでの経験上、排泄器官を第二の性器に変えるには、ほめて育てるのが一番だからだ。

「そ、そうなのか？　でも、尻の穴をほめられるのは、おかしな気分だ」

しかし、言葉とは裏腹にまんざらでもない様子で、恥じらいを浮かべた横顔からは野性味が薄れ、ときおり官能に酔った女の色気を漂わせる。

抜き挿しのスピードを徐々に上げていくと、菜々緒はそのストロークに合わせて豊かな尻を前後に動かしてくる。僕が勃起ペニスを突き入れるときは、菜々緒は尻を僕に向かって突き出し、勃起ペニスを抜き出そうとすると、菜々緒は逆に腰を前に出す。

恐らくは無意識の動きだろうが、二人のわずかな腰の動きが合わさって振幅の大きなストロークが得られ、肛門括約筋と肉茎の摩擦によって生じる快感も大きくなる。僕の下腹と菜々緒の尻山がぶつかるたびに、バチン、バチンと音がする。その上、菜々緒は腰を前後に動かすだけでなく、回転運動まで加えてきた。

「な、菜々緒さん、そんなにお尻を動かしたら、気持ちよすぎて……す、すぐにイッてしまいそうです」

「そんなこと、い、言われても……勝手に腰が動くのだ」

「と言うことは……菜々緒さんも感じてるってことですね？」

「た、確かに……だんだんと気持ちよくなってきた」

生まれて初めて侵入してきた異物に対して見事なもてなしを施す対応力、自らも快感を覚える感受性の素晴らしさ……菜々緒の肛門は間違いなく、アナルセックスをするためにある名器中の名器だ。

おまけに、菜々緒は男の精を搾り取る天性の腰遣いを持っている。それは野生動物のように獰猛《どうもう》だ。恐らくは菜々緒の膣穴も名器で、締まりのいい膣穴と荒々しい腰遣いで、何人もの島の男たちを腎虚に陥れたのだろう。しかも、これだけ激しく腰を遣っているにもかかわらず、呼吸一つ乱れていない。

私なんかとは比べものにならないぐらい手強いわよ――多仲美波村長がそう言ったのは、このことだったに違いない。

だが、今、僕が置かれている現実は、そんな余計なことを考えている場合ではない。このままでは、菜々緒に先にイカされ、僕まで腎虚にされ兼ねない。リゾート開発に反対する理由を聞くこともできなくなってしまう。美和さんの怒りと落胆の表情が脳裏をよぎる。

と、そのとき、空き地の中央に立つ枯れ木と、その枝を削って作られた天然木ディルドが目に入った。

僕は四つん這いになっている菜々緒の腰をつかみ、肛門に勃起ペニスを根元まで挿入したまま、立ちバックの体位に立ち上がらせた。菜々緒の太ももを、膣穴からしたたり出た蜜液が伝い落ちた。

「ひっ！　どうした？　急に立ち上がらせて……」

「菜々緒さん、あの枯れ木まで歩きますよ。いいですね？」

「あの木につかまれと言うのだな」

二人して左右の足並みを揃え、一歩ずつ枯れ木に近づいていく。その一歩ごとに、勃起ペニスをくわえ込んだ菜々緒の肛門括約筋と直腸粘膜がよじれ、肉茎の根元と亀頭は新たに痛烈な刺激を受ける。

枯れ木まで残り一メートルまで近づき、またもや射精寸前に追い込まれたところで、小学校の運動会でやったムカデ競走を思い出し、思わず吹き出してしまった。

「何だ、急に吹き出したりして……二人でムカデ競走をやってるみたいだって思ったのか？」

菜々緒も同じことを考えていたのだ。二人でひとしきり笑ったおかげで、射精を何とか免《まぬが》れ、枯れ木にたどり着いた。そのとき菜々緒はようやく、僕の意図に気づいたようだ。

「だ、駄目だっ！　そんなことっ！」

ちょうど菜々緒の股間の高さで、黒光りする天然木ディルドが、四十五度の角度で上向きに突き出ている。

「菜々緒さんのオマ×コが寂しそうだから、馴染みの極太ディルドをお見舞いしてあげようと思って……」

「や、やめろっ！　今、そんなことされたら……わ、私、おかしくなる！」

「おかしくなればいいじゃないですか？　この天然木ディルド、菜々緒さんが一生懸命に手作りしたんでしょ？　亀頭のエラの張り具合といい、茎の部分のゴツゴツ感といい、見事な特大ディルドだ」

「や、やめろっ！　やめるんだっ！」

懸命に身をよじる菜々緒の少し身体を持ち上げ、菜々緒の股間を天然木ディルドの先端にジリジリと近づけていく。菜々緒は足を伸ばして爪先を地面につけ、懸命に抵抗する。

「この枝がこんなに黒ずんでいるのは、菜々緒さんのオマ×コ汁をたっぷりと吸ったからでしょ？　随分と使い込んでいますね」

「ヒィッ！」

菜々緒の羞恥が頂点に達し、後ろに下がろうとする力が弱まった。菜々緒の尻山を下腹でグイッと前に押し出す。

「だ、駄目だっ！　早く下ろせっ！」

菜々緒の胸から下腹にかけて枯れ木の幹に押しつけ、持ち上げていた身体を望み通りに下ろしてやる。

ズボッ！

天然木の極太ディルドが菜々緒の膣穴に潜り込む音とともに、肉壁一枚で隔てられた勃起ペニスの裏側を圧迫しながら、天然木ディルドが一気に根元まで侵入してきた。膣穴はこんな状況であっても、慣れ親しんだ天然木ディルドを素直に受け入れたのだ。

「おおっ！　はおおおおんっ！」

天を仰ぐ菜々緒の口から、滝の水音にも負けないほど大きな咆哮《ほうこう》が放たれ、原っぱを囲む岩壁の上に立つ樹木から、多数の鳥が一斉に飛び立った。

「オマ×コにディルドが入ったら、菜々緒さんの尻穴……ますます強く締まってきたっ！」

「さ、先っぽが……ディルドの先っぽが子宮口をつっついてるっ！　こんなに奥深くまでなんて、は、初めてだっ！」

菜々緒は枯れ木の幹に横顔を押しつけて両腕でしがみつき、極太ペニスと天然木ディルドによる二穴責めの衝撃を体内から逃がそうと、大きく開けた口をパクパクとさせる。

そんな菜々緒を一気に責め堕とすために、改めて菜々緒の腰骨を両手でガッシリとつかみ、十センチほど持ち上げる。

「おおおおっ！　な、なんなの、これっ！　お尻の穴からも……オマ×コからも、内臓が引き出されそうだっ！」

勃起ペニスと天然木ディルドが菜々緒の肛門と膣穴から半分ほど姿を現したと

ころで、今度は菜々緒の腰を元の位置に下ろす。

「こ、今度は、前と後ろから内臓を突き上げられてるっ！　き、気持ちよくて……どうにかなりそうだっ！」

僕は無言で、同じ動きをゆっくりと何度も繰り返す。菜々緒が枯れ木にしがみついたことで、菜々緒の下半身を一層持ち上げやすくなり、いくらでも続けられる。

僕は勃起ペニスに摩擦を受けるだけだが、排泄器官と生殖器官の両方に強烈な摩擦を受けている菜々緒は、僕の二倍以上のペースで絶頂への階段を登っているに違いない。

「ああっ、駄目だっ！　や、やめろっ！　本当に気持ちよすぎて……こ、腰が溶けてしまいそうだっ！」

強情っぱりの持ち主に対して、身体は正直だ。

菜々緒は熱に浮かされたようにわめき散らしていたが、断末魔は拍子抜けするほど呆気《あっけ》なく訪れた。

「も、もう駄目っ！　イクッ！　イクッ！　菜々緒、イッちゃうっ！」

菜々緒は滝の音さえ小さく聞こえるほどの大絶叫を天に向かって放ち、しがみついていた枯れ木の幹を両手で思い切り突く。そのあまりの力強さに、僕は菜々緒の腰を抱きかかえたまま、草の上に仰向けに倒れ込んだ。

膣穴から勢いよく天然木ディルドを抜いた菜々緒は、僕の身体の上で腰を大きく突き上げ、身体全体を細かく痙攣させながら見事なブリッジを描く。そのため、今度はまだ射精していない勃起ペニスまで、菜々緒の肛門の窄まりから抜け出てしまった。

「出るっ！　出るっ！　こ、これがお潮？　……お潮が出るっ！」

天然木ディルドの太さにポッカリと開いた菜々緒の膣穴から噴射されたイキ潮が、枯れ木の幹を直撃し、大量の飛沫《しぶき》を周囲にまき散らす。

僕はまだイキ潮を噴いている菜々緒をもう一度四つん這いにし、まだポッカリと開いたままの尻穴に勃起ペニスを突き入れた。

「な、なんてことをっ！　や、やめろっ！　まだ……お潮を噴いているところだ、ぞっ！」

菜々緒のように手強い相手は、アナル絶頂の波状攻撃で完膚なきまでに撃沈するしかない。僕は、菜々緒の制止を無視し、肛門の窄まりへの抜き挿しを手心を加えずに行う。すると、それまで弛緩していた菜々緒の肛門括約筋が再び肉茎をギリギリと締めつけ、直腸粘膜は亀頭を絞り上げてくる。

「ま、また……イクッ！　今度は、尻の穴だけで……イクッ！」

「ぼ、僕もイクッ！　菜々緒さんの尻穴で、イクッ！」

菜々緒は驚異的な背筋力で上体を持ち上げて膝立ちし、膝の間の草に新たなイキ潮を噴きかける。僕は菜々緒の直腸の奥深くに勃起ペニスをこれでもかという勢いで突き入れ、最奥部に会心の吐精を放った。

長いイキ潮噴射と射精が終わると、二人は尻山と下腹を密着させたまま横倒しになった。最後の一滴まで精液を吐き出して萎えたペニスを引く抜くと、菜々緒はブルッと身体を震わせ、かすかに微笑んで目を閉じた。

僕も、早起きと慣れない山登りの疲れと二度の射精の達成感に浸り、菜々緒に添い寝して眠りに落ちた。

浅い眠りからふと目を覚ますと、太陽は中天にあり、周囲を高い岩壁に囲まれたこの原っぱにも南国の初夏の陽射しが降り注いでいた。聞こえるのは、滝の音と小さな寝息だけだ。菜々緒が僕の腕の中でスヤスヤと眠っている。

久しぶりの生身の男との情交と、人生初の二穴責めで盛大にイキ潮を噴いたことが、熟女の入り口に差しかかっている菜々緒の精神と肉体に深い満足を与えたのだろう。その表情からアマゾネスのような険しさが消え、慈母のように穏やかな寝顔を見せている。

その美しい寝顔に見とれていると、菜々緒の目がポッカリと開かれた。僕の腕の中で眠っていたことを認めると、恥じらいとうれしさが混じり合ったような微笑みを浮かべ、僕の胸に顔を埋めてくる。

「満足してくれましたか？」

「こんなに気持ちのいいセックスも、潮を噴いたのも、生まれて初めて」

そのとき、僕の腹がグウと鳴った。

「すっかり腹がへってしまった。菜々緒さん、一緒に食べませんか？　文乃さんが作ってくれた弁当が二人分あるんです」

今度は、菜々緒の腹が鳴る。

「いただこう。文乃さん手作りの弁当なら、間違いなくおいしいはずだ」

二人で滝壺に飛び込んで身体を洗い清め、素っ裸のまま草の上に座って文乃さんが作ってくれた弁当を食べた。

その間、菜々緒が自ら、リゾート開発に反対することになったきっかけを話してくれた。

大月家は野遊里岳一帯に広く山林を所有しており、その管理には多くの人手と費用がかかる。そのため菜々緒個人としては、高木不動産に山林の一部を売却するにやぶさかではない。しかし、代々の大月家当主が氏子代表を務める神社、亀《き》ノ大頭《おおがみ》神社の女宮司で祈祷師の黄泉呼《よみこ》が、お告げだと言ってリゾート開発に反対しているため、大月家八代目当主としてはそれに同調せざるを得ないのだという。

亀ノ大頭神社は、大月一族が暮らす集落の外れにある。琉球王朝時代の初期に建立《こんりゅう》された伝統のある神社で、黄泉呼は第十九代宮司を名乗っているそうだ。大月一族は昔から、亀ノ大頭神社の代々の宮司の祈祷やお告げにより、幾多の厄災から救われてきた。そのため、亀ノ大頭神社の宮司のお告げに逆らってはならないというのが一族の掟《おきて》になっているという。

「その黄泉呼さんはなぜ反対を？　僕は祈祷とか霊感というものを、まったく信じていません。だから、なぜ黄泉呼さんが反対しているのか、その本当の理由を知りたい」

「私だって、そんなものは信じていない。でも、一族を束ねていくには仕方ないのだ。それよりも、約束は守ったぞ。だから、もう一回お潮を噴かせてほしい。さっきとは前と後ろを逆にして……いいな？」

菜々緒は言うが早いか、草の上に胡坐《あぐら》をかいた僕の股間に顔を伏せ、大人しくしているペニスをくわえてきた。今度は荒々しく挑みかかるようなフェラチオではなく、ペニスを慈しみ、優しく奮い立たせるフェラチオだ。

「菜々緒さん、前と後ろを逆ってことは、僕のチ×ポを菜々緒さんのオマ×コに入れて、あのディルドを尻穴に入れるってことですね」

「分かってるなら、いちいち言葉にしなくていい。恥ずかしいじゃないか」

菜々緒は僕を押し倒すと、ペニスをくわえたままクルリと身体の向きを変え、四つん這いになって僕の顔を跨ぐ。シックスナインをしようというのだ。

黒テンの毛皮のような陰毛に覆われた下腹が、顔の真上にある。陰毛に手を触れると、見かけだけでなく、手触りも本物の高級毛皮のように心地よい。その陰毛がビッシリと生えている恥丘や大陰唇は、色素沈着が少なく、ほとんど純白に近い。日に当たる部分は小麦色に日焼けしているが、本来の肌の色は白人のような白さなのだろう。

さらに、両手の指を使って大陰唇を割り開くと、鮮紅色の小陰唇が花開く。食事の前に水浴びをしたにもかかわらず、小陰唇の内側の粘膜は、スコールを浴びたハイビスカスの花のように蜜液に濡れている。生殖器官の佇まいは楚々《そそ》としているが、淫臭は結構きつい。

僕は頭を持ち上げてクリトリスの先端に唇を被せ、歯列を使って陰核包皮を剥き下ろしていく。充血し、硬く屹立したクリトリスが、根まで露わになる。

「ひっ！　クリトリスを……舐められるのも、久しぶりだ」

菜々緒は膝を大きく広げて腰を下ろし、陰裂を僕の顔に押しつけてくる。頭を持ち上げる必要がなくなり、舐めやすくなった。

クリトリスに被せた唇を窄め、根から引き抜く勢いで吸引する。

「はうっ！　つ、強すぎるっ！」

菜々緒はフェラチオを中断して訴えるが、彼女には少し強すぎる方がいいはずだ。訴えを無視し、さらに強く吸引しながらクリトリスの表面を舌先で満遍なく舐め上げ、舐め下ろす。

「いいっ！　吸い方は強引なのに……舐めるのは繊細だっ！　こ、こんな風にクリトリスを責められるの……初めてだっ！」

菜々緒は僕の顔に恥骨をグイグイと押しつけた後、ふっと腰を浮かせた。

「このままだと、クリ舐めでイッてしまう。そろそろ……いいだろ？」

菜々緒は僕の手を取って立ち上がらせると、自ら枯れ木を背にして立つ。僕は菜々緒の左脚に手をかけて膝が脇腹につくまで持ち上げ、少し腰を落とし、フェラチオで完全勃起したペニスを膣穴に擬した。

「いいですね、まずは僕の勃起ペニスを菜々緒さんのオマ×コに入れますよ」

僕は返事を待たず、下から突き上げるようにして一気に挿入する。

「はうんっ！」

「おおおおっ！」

二人同時に、呻《うめ》き声とも悲鳴ともつかない声を上げた。

「あなたのオチ×チン、大きさと形はあのディルドにそっくりだけど……は、破壊力が全然違うっ！　子宮の中までかき回されてる感じよっ！」

「な、菜々緒さんのオマ×コは、想像していた通り、尻穴に負けないぐらいの名器です」

「よかった。やっぱりお尻の穴をほめられるより、オマ×コをほめてもらった方がうれしいわ」

僕は、昨日の夕食に出た沖縄特産の海藻の海ぶどうを思い出していた。

「入り口はキツキツに締め上げてくるし、中の粘膜には海ぶどうのような小さなツブツブがビッシリと貼りついている。こ、このオマ×コで……あの腰遣いをされたら、並みの男はキン×マの中まで吸い出されて、腎虚になるのも無理はない」

これはほめ言葉というよりも、正直な感想だ。実際に亀頭は、海ぶどうのツブツブがビッシリと貼りついた膣粘膜に揉まれ、激しい刺激を受けている。菜々緒の生殖器官は、巾着の名器であると同時に、カズノコ天井ならぬ海ぶどう天井のダブル名器だ。おまけに子宮口が亀頭にフェラチオするような動きまで見せる。

「つ、次はお尻の穴に、あの木の枝ディルドを……お願いよ」

そうだ。この巾着と海ぶどう天井の膣穴に挿入したまま、野生動物のように獰猛な腰遣いを食らったら、ほかの男たちと同様に、ひとたまりもなく射精に追い込まれてしまうだろう。その前に一刻も早く天然木ディルドを直腸の奥まで深々と突っ込んで、男殺しの腰遣いを封じることだ。

菜々緒のウエストを抱きしめて持ち上げ、天然木ディルドの照準を肛門の窄まりに合わせた。それは、先ほど菜々緒が大量に分泌した蜜液がまだ乾かずに残り、先端から根元までぬめって鈍い光を放っている。

「菜々緒さん、ディルドを尻穴に入れますよ。痛かったら言ってください。すぐに抜きますから」

「わ、分かったわ」

僕はふと、菜々緒の言葉遣いが変わっていることに気づいた。しゃべり方が女らしくなっているのだ。

菜々緒は恐らく、物心がついたころから大月一族の当主となるべく、厳しく育てられてきた。菜々緒自身も、女だからと見下されないように肩肘張り、男以上に男らしく振る舞ってきたに違いない。

その菜々緒が僕の生勃起ペニスと愛用の木の枝ディルドによる二穴責めを受け、生まれて初めてイキ潮絶頂を経験した。そのことで、身体の奥深くに押し込められていた菜々緒の『女』がイキ潮と一緒に噴き出してきたのかもしれない。そんな菜々緒が急にいじらしく思えてきた。

菜々緒の身体をゆっくりと下ろしていくと、アナル名器と言うに相応しい肛門の窄まりは、まだ二回目の異物挿入だというのに、子供の拳ほどの亀頭もどきを音もなく呑み込んだ。

菜々緒の両足が地面につくと同時に、尻山が枯れ木の幹に密着した。自らが手作りした特大ディルドが、根元まで排泄器官に埋め込まれたのだ。肉壁一枚隔てた膣洞に挿入されている勃起ペニスの裏側を、木の枝ディルドが圧迫する。

「はっ、はっ、はっ、はっ！」

菜々緒は僕の首にしがみつき、口を大きく開いて太い息を吐き出す。さっきとは表と裏が逆転した二穴責めの衝撃を、懸命に受け止めている。幸いにも痛みはないようだ。

菜々緒の尻山を両手で支え、調子を取りながら上下に大きく動かしてみた。すると、思惑通りに、膣穴と尻穴に埋め込まれた勃起ペニスと天然木ディルドが、リズミカルに大きく抜き挿しされる。

実際には見えないが、抜き挿しに合わせて、小陰唇と肛門の窄まりが内側に押し込まれたり引きずり出されたりを繰り返しているはずだ。そこに、菜々緒の無意識の腰のグラインドが加わり、勃起ペニスは海ぶどう名器の中で嵐の海の小舟のように翻弄《ほんろう》される。

男女がこれだけ激しく交わり合う中で、ただ一つ、菜々緒の排泄器官に埋め込まれた天然木ディルドだけが、大自然そのもののように微動だにしていない。それだけに、菜々緒の肛門括約筋と直腸粘膜が受けている衝撃はかなり大きいはずだ。それでも、菜々緒はグラインドをやめようとしない。菜々緒のアナル名器はその衝撃を、大いに楽しんでいるらしい。

「ああんっ！　す、すごいっ！　オマ×コもお尻の穴も、入り口も奥も……めちゃくちゃにかき混ぜられてるわっ！」

「そ、それは……僕のチ×ポだって同じです。菜々緒さんの名器オマ×コに揉みくちゃにされて、今にもイッてしまいそうですっ！」

お互いの言葉が断末魔への引き金となったようだ。

「私も、もう駄目っ！　イクッ！　前と後ろで……イクゥウゥッ！」

「僕も出るっ！　菜々緒さんのオマ×コに……出るっ！」

菜々緒さんの膣穴に勃起ペニスを挿入してから十分、肛門に天然木ディルドを埋め込んでから五分とたっていないのに、二人とも同時に、壮絶とも言える絶頂に達した。

僕は射精の第一弾を菜々緒の膣穴の奥深くにしぶかせると、すぐに膣穴から勃起ペニスを抜き去った。

「はううっ！　出るっ！　また……お潮が出ちゃうっ！」

菜々緒は肛門に天然木ディルドを突き挿したまま、イキ潮を足元の草むらに向かって噴射する。僕も菜々緒の黒テンのような陰毛に精液の奔流を噴きかける。その白と黒のコントラストに見入る間もなく、菜々緒が新たな絶叫を天に向かって放つ。

「イクッ！　こ、今度はディルドにお尻を貫かれて……イクッ！　イクッ！　イクッ！」

膣穴絶頂に続いて菜々緒をアナル絶頂が襲い、噴射されるイキ潮の勢いがさらに増した。菜々緒は肛門に特大天然木ディルドを収めたまま、背中を大きく反らして天を仰ぎ、全身を痙攣させている。

そして、イキ潮の最後の一滴を噴き終えると、誰にともなく微笑みかけ、そのまま僕に倒れかかってきた。僕は菜々緒を抱きかかえ、尻穴から天然木ディルドを抜いてやった。そして、一緒に草の上に横たえると、菜々緒は目を閉じて二度目のイキ潮絶頂の甘い余韻に浸る。

空を見上げると、すでに太陽は、岩壁に囲まれた窪地の底からは見えない位置に移動していた。文乃さんが四時に登山道の入り口の駐車場に迎えに来ると言っていたのを思い出した。

「菜々緒さん、文乃さんが四時に、登山道の入り口まで迎えに来てくれることになっているんです。僕、そろそろ行かないと……」

「分かった。野遊里岳は登るときよりも、下りるときの方が道に迷いやすくて危険だから、私が一緒に行ってあげるわ」

二人でもう一度、滝壺で身体を洗い、身支度を整えて下山した。待ち合わせの場所に着いたときは四時を回っていて、約束通り、文乃さんは車で待っていてくれた。

「菜々緒さんと一緒ということは、岡崎さん、うまくいったのね」

「はい。文乃さんが作ってくれたお弁当も、二人で一緒に食べました」

文乃さんは弁当箱の包みを受け取り、菜々緒さんに話しかけた。

「菜々緒さん、随分と疲れた様子だわ。今夜はうちに泊っていかない？　腕によりをかけて作った栄養満点の料理をご馳走するわ」

すると、菜々緒は文乃さんを抱き寄せ、口づけを始めたではないか！　二人はレズ仲間だったのだ。そういえば、菜々緒だけの秘密の聖地を文乃さんがなぜ知っているのかと尋ねたとき、文乃さんははにかむような仕草を見せた。

菜々緒と文乃さんがレズ仲間ということは、もしかしたら菜々緒と多仲美波村長もレズ仲間なのかもしれない。多仲美波が言った「菜々緒さんは私よりも手強い」という言葉は、美波自身の体験からきた感想だったのか。

「ありがとう。お言葉に甘えて泊めてもらうわ。でも、今夜は文乃さんのお相手するの、無理みたい。この人にお尻の穴の性感を開発されて、二穴責めで二回もお潮を噴いちゃったの」

「いいわ。私だって岡崎さんに何度もお潮を噴かされたから、菜々緒さんがどれだけ疲れてるか分るもの」

その夜は、三人ともご馳走を満腹になるまで食べ、菜々緒さんが獲ったハブを漬けたハブ酒でしたたかに酔っぱらった。その後、僕が泊っている二階の部屋に三組の布団を敷き、三人で枕を並べて寝た。だが、二人が大人しかったのは、そこまでだった。

翌朝、あまりの息苦しさに目を覚ますと、僕に顔面騎乗した全裸の菜々緒さんが、僕の口を膣穴で塞ぎ、腰をしゃくり上げていた。前日の悪夢が正夢になったのだ。違ったのは、僕の腰に跨った文乃さんが、朝勃ちペニスを肛門に収め、腰を振っていることだった。

第三章　男も女も狂わせる美熟女祈祷師の妖しい香り

毎年四月の満月の前後五日間の大野遊びの期間中、リゾート開発の許認可権限を持つ多仲美波村長、野遊里岳の麓の開発予定地に山林を所有する大月家当主の大月菜々緒の二人から、リゾート開発に反対するに至ったきっかけを聞き出すことができた。直属の上司である藤堂美和リゾート開発推進本部長に首尾を報告するため、那覇に戻った。

美和さんが前線基地としている那覇市内の高級ホテルの一室で、野遊里島での経緯を報告し、美和さんの膣穴と肛門の窄まりを責めてイキ潮を噴かせた。

その翌日のことだった。

「今からゴルフの練習に行くわよ」

美和さんは僕にも同じホテルの部屋を長期契約してくれていて、その部屋で朝のワイドショーを観ていると、純白のミニワンピースのゴルフウェアを着た美和さんがムッチリした太ももを剥き出しにしてやって来て、こう宣言した。

確かに、亀ノ大頭神社の女宮司、黄泉呼に会って反対の理由を聞き出すため、来月の月野遊びの日に野遊里島を再訪するまで、取り立ててやるべき仕事もないが……。

「で、でも、僕はゴルフなんかしたことないし、第一、クラブもウェアもありませんよ」

「野遊里島のリゾートにもゴルフ場ができるのよ。そのときに総支配人のあなたがゴルフができないんじゃ、話にならないわ。だから、今のうちに練習しておくの。これは業務命令よ」

美和さんは窓際のコーヒーテーブルの椅子に座り、大きく脚を組む。ただでさえ丈の短いボディコンワンピースの裾がずり上がり、向かい合わせに座る僕の目に、白いハイレグパンティの股布が露わになる。だが、それに見入っている場合ではない。僕が総支配人になるだって？　そんなの聞いてないぞ。

「僕が総支配人だなんて、悪い冗談はやめてくださいよ」

「冗談なんかじゃないわ。本当はまだ極秘扱いだけど、これは会社の正式な決定事項なの」

「でも、僕みたいな若造に総支配人なんて無理ですよ」

「野遊里島で建設が始まったら、あなたは完成までの数年間、いろいろな国の高級リゾートを回って、世界中からどんなVIPやセレブが来ても恥ずかしくないサービスを勉強してくるのよ」

美和さんは言いながら、わざとゆっくりと脚を組み替える。ワンピースの裾が腰骨の上までずり上がった上に、ハイレグパンティーの股布が陰裂に食い込んでしまった。美和さんは明らかに、淫靡この上ない股間を見せつけて、僕の脳髄を麻痺させようとしている。

「でも、そ、そんなおカネなんかありませんよ」

「馬鹿ね。その費用は、会社が全額負担するのよ。私が高木社長に直訴して決めたのよ。まさか、この話を断って、私に恥をかかせる気じゃないわよね！」

「そ、そ、そんなつもりは……」

美和さんはワンピースの裾を腰骨までずり上がらせたまま僕の前に仁王立ちし、

ニッコリと笑ってとどめを刺す。

「世界中のセレブ美女のお尻の穴が味わえるかもしれないわよ」

その一言で、僕の頭の中にテレビや映画で観た美熟女たちが走馬灯のように浮かび、思わずやに下がってしまった。

「あなたって、本当に分かりやすい人ね。そうと決まれば、さっさと仕度してちょうだい。取りあえず、チノパンとポロシャツにスニーカーでいいわ。クラブは向こうでレンタルすればいいから」

というわけで、海辺のリゾートゴルフコースに併設された練習場に連れて行かれ、コーチを付けての練習が始まった。棒を振り回すのは、高校時代以来だ。と言っても、甲子園にはほど遠い野球部の万年補欠ではあったが……。それでも、コーチに教えられた変な握り方になれてくると、そこそこ当たりもよくなり、百球を越えるころにはほぼ真っ直ぐに飛ぶようになった。要するにピッチャー返しのライナーを打つつもりでクラブを振ればいいのだ。

「君は呑み込みが早いな」

「あなた、なかなか筋がいいわね」

コーチと美和さんから異口同音にほめられ、ほめられたらやる気になるのが僕だ。帰りにゴルフショップに寄り、クラブセット、キャディーバッグ、シューズなど必要最低限の用具を買い揃えた。

翌日からほぼ連日、ホテルの近くにある安い練習場でドライバーからアプローチショットまで一日に三百球を打ち、ホテルの部屋でレッスンビデオを見たり、パターマットを使ってパッティングの練習を続けた。もちろん、夜は美和さんの膣穴や肛門の窄まりを堪能したのは言うまでもない。

それまではゴルフは自分には縁のないセレブの遊びだと思っていたが、コロリとハマってしまった。ただし、美和さんと一緒に練習に行くと、ボディコンミニのワンピースを着た美和さんが、わざわざ僕の目の前の打席で練習するのには閉口させられた。

美和さんがボールを打つために前傾姿勢をとると、ウェアの裾が尻山の半ばまでずり上がり、尻山の間に食い込んだTバックパンティーを見せられる。そんな状況で練習に集中するのには苦労した。だが、まさかそれが後日、リゾート開発を進めるのに役立つとは思いもよらなかった。

ゴルフ練習漬けの毎日を送っているうち、五月の月野遊びの日が巡ってきた。

僕は前日の昼前に野遊里島に渡り、予約しておいた民宿「やましろ」に入った。

「いらっしゃい。お昼ご飯の用意がしてあるわ。多仲村長がお待ちかねだから、食べたら村役場に行くのよ」

見覚えのあるかりゆしのワンピース姿で迎えてくれた女将の文乃さんから、そう告げられた。

「ええっ！　どうして美波さんが？」

「詳しくは知らないけど、黄泉呼さんのことで、耳に入れておきたい情報があるそうよ」

「黄泉呼さんって、亀ノ大頭神社の宮司の？」

「そうよ。どうせ。その話だけじゃ終わらないと思うけど、夜に私の相手をしてくれる精力は残しておいてね」

「でも、今日はまだ月野遊びの日じゃありませんよ」

「何を言ってるの。この島でも、夫婦や恋人のほかにも、両者の合意があれば、野遊びに関係なくセックススをしてるわ」

言われてみれば、確かにそうに違いない。昼食の後、言われた通りに村役場に行くと、職員で前村長の娘の岩本さんが僕の顔を覚えていてくれ、すんなりと村長室に通してくれた。

「岡崎さん、わざわざお呼び立てして、ごめんなさいね」

黒いノースリーブの膝下丈のワンピースを着た多仲美波村長が執務席から立ち上がり、応接セットのソファーを勧めてくれた。笑顔はやはり、アラフォーで美魔女と言われる元女子アナにそっくりだ。

このワンピースは最初に野遊里岬で野遊びをしたときに着ていたものだと思い出した。そのときの駅弁ファックが脳裏と股間に甦り、早くもペニスに血液が流入する。

二人にお茶を持って来てくれた岩本さんが出て行くまで、僕が最近ゴルフを始めたという雑談をし、ようやく本題を切り出した。

「黄泉呼さんのことで何かお話があると聞きいて、やって来ました」

多仲美波は一口お茶を飲むと、ソファーの背もたれに背中を預け、ワンピースのフレアスカートの下で脚を組んだ。多仲美波の足元から、そこはかとない牝臭が舞い上がる。

「菜々緒さんから話は聞いたわ。彼女がリゾート開発に反対しているのは、黄泉呼さんから反対するように言われたからですってね」

「はい、そう言っていました。それで、明日は黄泉呼さんに会いに行くつもりでいます」

多仲美波は話を聞いて身を乗り出し、組んだ脚の膝の上に肘を載せて頬杖をついた。Ｖ字に大きく割れたワンピースの胸元から覗くたわわな乳房と、その乳房が作る深い谷間が迫る。

「あなた、黄泉呼さんがどんな人か知ってるの？」

「由緒ある亀ノ大頭神社の女宮司ということしか……」

「前の村長が、亀ノ大頭神社を観光資源としてＰＲできないかということで、村役場で神社の歴史について調査したことがあるの。それで、亀ノ大頭神社に伝わる言い伝えによると、開祖はなんと邪馬台国の女王で、祈祷を行う巫女だった卑《ひ》弥呼《みこ》だって言うから驚いちゃったわ」

村の担当者が黄泉呼に聞き取り調査してまとめた資料の内容は、およそ次のようなものだったという。

三世紀半ば、本土のどこかにあった邪馬台国で国を二分する激しい権力抗争が勃発し、暗殺されそうになった女王卑弥呼は今の沖縄本島に逃れた。大和朝廷が国土を統一する以前のことでもあり、むろん日本書紀にも中国の古い歴史書にもそのような記述はない。

ともあれ言い伝えによれば、沖縄に渡った卑弥呼の子孫は代々の女児が祈祷の術を受け継ぎ、十五世紀に琉球王朝が成立したころ、この野遊里島に移って亀ノ大頭神社を開いたとされる。その子孫である黄泉呼は亀ノ大頭神社の第十九代宮司を名乗り、占いや祈祷を行っているという。

「ざっと、こんなところだけど、あなた、黄泉呼さんに野遊びを申し込むつもりなら、気をつけた方がいいわよ」

「ど、どうしてですか？　沖縄で非業の最期を迎えた卑弥呼の呪いをかけられるとか……ですか？」

「菜々緒さんには、祈祷や霊感なんて信じないって言ってたくせに、怖気づいたの？」

「ち、違いますよ。美波さんが真剣な表情で、気をつけた方がいいなんていうものだから……つい」

「三十五歳の黄泉呼さんが超のつく美熟女で、男も女も彼女の祈祷を受けているうちにリラックスして眠り込み、二時間ほどたって目が覚めたときにはとっても幸せな気持ちになってるんですって」

「それなら、別に気をつけることはないじゃないですか？」

憧れの元女子アナに似た美魔女が「超のつく美熟女」というからには、かなり期待できそうだ。自分でも、鼻の下が伸びるのが分かった。

「あなたが黄泉呼さんの美貌と色気にのぼせ上がった上に、祈祷で幸せな気持ちになって、リゾート開発に反対の理由を聞くのを忘れちゃうんじゃないかと心配してるのよ」

そう言われて、多仲美波の自宅に呼ばれて明け方近くまで野遊びをした帰り際に、美波に反対の理由を聞くのを忘れて帰ろうとしたことを思い出した。

「た、確かに……気をつけます」

「分かればいいのよ。これで話は終わったわ。さあ、こっちに来て、お尻の穴にちょうだい」

多仲美波は立ち上がって執務机の向こうに回り込むと、机に両手をついて後ろに尻を突き出した。一カ月前にこの村長室で、立ちバックの体位でセカンドアナルバージンをいただいたときと同じポーズだ。僕のペニスは、まるでパブロフの犬のように条件反射的に勃起を始める。

僕が多仲美波の後ろに立ち、チノパンのベルトを外してトランクスごと脱ぎ捨てると、多仲美波はワンピースの裾を自らまくり上げ、白い豊かな尻山を晒す。準備のいいことに、パンティーは穿いておらず、膣穴から蜜液までしたたらせている。きつい淫臭が立ち昇ってきた。

瞬く間に完全勃起したペニスを、まずは多仲美波の膣穴に挿入し、二、三度抜き挿しして全体に隈なく蜜液をまみれさせる。

「では、美波さんのお尻の穴をいただきます」

すると、多仲美波は用意していたフェイスタオルとバスタオルを執務机の引き出しから取り出し、フェイスタオルを自ら口に押し込む。イキ潮を噴く気まんまんで準備していたのだ。

　それから十五分後、多仲美波村長は念願通り、村長室の執務机の前でアナル絶頂し、口に詰めたフェイスタオルに絶叫を放ちながら、自ら股間に押し当てたバスタオルに向かってイキ潮を噴射した。僕も野遊里島を再訪して一度目の吐精を美熟女村長の直腸の奥深くに放った。

　アナル絶頂の余韻を十分に楽しんだ多仲美波は、ワンピースの裾を下ろして椅子に座ると、何食わぬ顔で書類に目を通し始めた。僕は丁重《ていちょう》に礼を言い、磯臭い牝臭が充満した野遊里島村役場の村長室を後にした。

　その夜は、文乃さんの手料理と文乃さんの媚肉の穴という穴を堪能し、菜々緒さんが獲ったハブを漬けたハブ酒に酔い、心地よい疲れとともに眠りに落ちた。


　ハブ酒に酔ってタオルケットもかけずに寝たため、翌朝起きたとき、鼻風邪をひいてしまっていた。熱はないが、鼻がグズグズして仕方ない。だけど、これが結果として幸いしたのだから、まさに人間万事《ばんじ》塞翁《さいおう》が馬《うま》だ。

　朝ご飯を食べた後、文乃さんの車で、大きな石造りの鳥居が立つ亀ノ大頭神社の参道入り口まで送ってもらった。この日も大月菜々緒に最初に会ったときと同様に、夕方の四時に迎えに来てもらう約束だ。

鬱蒼とした亜熱帯林の中、苔《こけ》むした自然石が敷かれた幅五メートルほどの石畳の道が森の中に伸び、両側に琉球松の大木が五、六メートルの間隔で並ぶ。何となく思い描いていた村の鎮守様のような小さな神社とは違った。

石畳を進むにつれて、次第に勾配がきつくなった。鼻が詰まっていることもあり、最後に待っていた百段ほどの石段を息を切らせて登ると、そこに亀ノ大頭神社の社が見えた。

苔むした石畳と同様に、長い歳月を感じさせる荘厳な木造建築物だ。鎌倉時代に一度焼失し、室町時代に再建されたというから、古くて当たり前か。社の裏手には高さ二十メートル、幅三十メートルほどの巨岩が、社を見下ろすようにそびえ立ち、洞窟の入り口のような大きな穴が見える。巨岩にも苔がむし、何本かの木が岩肌にしがみつくように生えている。神仏を信じない僕にも、霊験のようなものを感じさせる巨岩だ。

左手にある手水舎で手を洗っていると、不意に背後から声をかけられた。

「お参り、ご苦労さまです。初めてお目にかかる方のようですが……」

振り向くと、白衣《びゃくえ》に紫色の袴《はかま》をまとい、白足袋と白木に赤い鼻緒の下駄を履いた女が立っていた。長い黒髪をポニーテールにまとめた瓜実顔《うりざね》の女は、多仲美波が言った通り、確かに超のつく美熟女だ。この女が黄泉呼に違いない。

宝塚歌劇団で歴代最高の娘役と言われた女優に似ており、はるか昔、その美貌で人々を魅了して邪馬台国の権力の頂点に登りつめた女王卑弥呼の末裔《まつえい》だと言われると、そう思えてくる高貴な雰囲気を漂わせる。

「はい。霊験あらたかな祈祷をしてくれる女性の宮司さんがこちらにおられると聞いて、やって参りました」

「私が、この亀ノ大頭神社の宮司をしている黄泉呼です。何かお悩みでも？」

「会社の仕事に行き詰まっていて、仕事がうまくいくように、自分を見つめ直そうとこの島にやって来たんです。そうしたら、民宿の女将さんが、こちらの神社のことを教えてくれて……」

黄泉呼の高貴さの源の一つである涼やかな目が一転し、獲物を見つけた女豹のような鋭い光を宿す。上は薄く、下はポッテリとした唇の片方の口角が、わずかに上がった。獲物を前に舌舐めずりするネコ科の動物のようだ。

「それなら、どうぞ、こちらへ」

黄泉呼は僕を、社の裏にある巨岩の洞窟の中に導き入れた。入り口で香が焚《た》かれているが、風邪気味で鼻が詰まっているために、その香りは分からない。その一方で、黄泉呼が一歩踏み出すごとに、紫色の袴に包まれた腰が左右に大きく振られ、豊かな尻山が見る者の劣情を誘うように複雑に揺れる。僕は催眠術にでもかかったように、揺れる尻山から目を離せなくなった。

洞窟の中は、広さが二十畳近くある天然の岩屋になっている。天井部分に直径一メートルほどの穴が開いていて、そこから射し込む一条の光が、洞窟の最奥部に置かれた小さな祠《ほこら》を照らしている。表にある社は拝殿で、この洞窟が本殿らしい。黄泉呼の名前通りに、地の底にあるとされる黄泉の国のような不気味さを感じないでもない。

だが、そんな不気味さを打ち消すのが、洞窟の中央に置かれた特大の寝床だ。キングサイズのベッドに相当する大きさの台の上に部厚いマットレスが載せられ、緋色のシーツが敷かれている。同色のカバーがかかった大きな枕もある。神聖であるはずの神社の本殿と言うよりも、趣向の変わったラブホテルのような艶めかしさだ。

「靴を脱いで、寝床の上で横になってください」

言われた通りにすると、黄泉呼はどこからか朱塗りの香台を持ってきて、枕元に置いた。白磁の香炉が置かれ、何やらコケのような物が燻《くすぶ》っている。

「目を閉じて、心を静めてください」

黄泉呼が祠の前に座り、祈祷を始めた。祈祷と言っても、テレビドラマや映画でよくある激しく怒りをぶつけるようなものではなく、天上の音楽のようにたおやかで心地よい調べで祈祷の祝詞《のりと》が詠じられる。

目を閉じて祈祷を聞いているうちに、僕は多仲美波村長の言葉を思い出した。確か、黄泉呼の祈祷を受けた人間は、男も女も彼女の祈祷を受けているうちにリラックスして眠り込み、目が覚めたときにはとっても幸せな気持ちになると言っていた。

薄目を開けて見ると、黄泉呼は右手に長さ三十センチほどの白い棒のような物を持ち、しきりと白衣の袖を振り、香煙をこちらに漂わせようとしている。もしかしたら、この煙に眠くなる成分が含まれているのかもしれない。

鼻が詰まっている僕は、煙を鼻から吸うことができないせいか、一向に眠くならなかったが、眠ったふりをして様子を見ることにした。

すると、黄泉呼は祈祷の声を次第に小さくしながら近づいてきた。その息遣いで、僕の顔を至近距離から覗き込んでいるのが分かる。本当に眠っているかどうかを確かめているのだ。ムニャムニャと寝言を言う真似をすると、「大丈夫そうね」と言って僕の足元に移動した。

「まずはあなたがどんなタニを持っているか……見せてもらうわよ」

黄泉呼は寝床に上がり、僕のチノパンのベルトを外すと、トランクスごと一気に膝まで引き下ろした。

「まあ、勃ってもいないのに、この太々しさと重量感……い、今まで見たがことないわ」

黄泉呼は独り言を言いながら、チノパンとトランクスを足から引き抜き、僕の脚を八の字に大きく広げた。そして、柔らかな手でダラリとしたペニスを握り、そっと口に含むと、静かに吸引しながら、柔らかい唇を肉茎に滑らせ、舌先で亀頭をくすぐる。

最初は僕を起こさないように、すべてソフトタッチで行われていたが、唇のスライドも吸引も、亀頭を這い回る舌の動きも、徐々にスピードアップし激しさを増してくる。まぶたの裏に元タカラジェンヌの女優がフェラチオと手コキをしてくれている姿を思い描き、僕のペニスはあっという間に完全勃起した。

黄泉呼はガチガチに勃起したペニスを吐き出すと、左右前後にゆっくりと傾ける。勃起ペニスの品定めをしているのだろう。

「す、すごいわっ！　このタニ、全体の大きさや太さもさることながら、亀頭のエラの張り出しや硬さまで、おタニ様にそっくりだわ」

おタニ様だって？　僕のペニスにそっくりだと聞いて、反射的に大月菜々緒が自ら削り出した天然木ディルドを連想した。おタニ様の正体は後に明らかになるが、当たらずとも遠からずだった。

衣ずれの音がしたと思ったら、胸から顔の上にバサリと何かがかけられた。目を開けると、紫色の大きな布だった。黄泉呼が袴を脱いで、僕にかけたのだ。

あの元タカラジェンヌが下半身を晒している。そう考えただけで、完全勃起したペニスがピクリと震え、先端から先走り汁がドクッとあふれ出た。

「まあ、元気のいいタニだこと。頼もしいわ」

黄泉呼が立ち上がり、僕の腰をまたいだのが分かった。勃起ペニスが垂直に立てられるや、すぐに亀頭が生暖かい粘膜に包まれた。黄泉呼の小陰唇のようだ。それから一気に黄泉呼の腰が下りてきて、尻山が僕の下腹に密着した。

「はうっ！　お、恐れ多いけど、おタニ様より……な、生身の、このチ×ポの方が、何倍も気持ちいいわっ！」

三十五歳で独身の黄泉呼の膣穴は意外にも、ともに出産経験のある三十八歳の山城文乃や四十歳の多仲美波の膣穴以上に、よく練れている。

黄泉呼は祈祷をしてもらいに来た男を眠らせた上で、フェラチオと手コキで勃起させ、さんざんにセックスをしてきたに違いない。快楽を貪る一方、祈祷料まで取っていた。色と欲を同時に満たす一石二鳥の方策だったのだ。

「こ、これよっ！　私が欲しかったのは……これなのよっ！」

黄泉呼の腰遣いにしゃくり挙げるような動きが加わり、次第に遠慮会釈のない激しさとなった。生身の勃起ペニスに余程飢えていたらしく、挿入から五分とたっていないのに、早くも黄泉呼に絶頂が近づいているのが分かった。僕は眠ったふりをしたまま、無意識を装ってわずかに腰を突き上げる。

「この男、眠りながら突き上げてるっ！　こ、こんなことってっ！　たまらないっ！」

黄泉呼の喘ぎ声が手放しになった。声だけではない。腰遣いも上品で高貴ささえ感じさせる美貌からは想像もできないぐらい激しくなり、快楽の頂点を求めて貪欲に腰をしゃくり上げる。

膣口の締めつけはそれほどきつくはないが、膣粘膜が髪の毛一本の隙間もないほどまったりと勃起ペニスに絡みつく。最奥部では子宮口が下りてきて、亀頭をしゃぶるように蠢いている。

射精感が急速に高まり、眠ったふりどころではなくなってきた。僕は黄泉呼の激しい腰遣いに負けないほど強く、ズンッ、ズンッ、ズンッと何度も腰を突き上げる。

「す、すごいわっ！　黄泉呼のオマ×コ、壊れてしまいそうよっ！　でも、眠っているはずのに……どうして？」

もはや眠ったふりは無理だ。僕は上半身にかけられた袴をつかんで投げ捨てると、目の前に、白衣の前身頃をはだけた黄泉呼の輝くばかりに美しい半裸身があった。白衣と袴の下には何も身に着けていなかったのだ。

反射的に飛びのこうとする黄泉呼の腰を押さえ込み、黄泉呼の尻山を僕の下腹に密着させせる。

「僕のチ×ポをこんなに大きくしたまま逃げようなんて、ひどいですよ」

「な、なぜっ？　ノユリゴケの煙を吸って、眠っていたんじゃ？」

「僕は、今朝から風邪気味で、鼻が詰まっているせいかもしれません。でも、眠っている間に本人に断りもなく勃起させて、精液まで搾り取ろうなんて、ちょっとひどいんじゃないですか？」

「こ、これが……この神社の祈祷の方法なのよ」

「そうだったんですか。じゃあ、その亀ノ大頭神社のやり方で祈祷の続きをお願いします」

肉付きのいい黄泉呼の尻山をつかみ、再びリズミカルに腰を突き上げる。

「はうっ！　激しすぎるっ！　こ、こんなに激しく突き上げられたら、オマ×コも子宮も、壊れちゃうわっ！」

　だが、持ち主の言葉とは裏腹に、黄泉呼の生殖器官は勃起ペニスの突き上げを嬉々として受け止め、膣洞は肉茎を絞り上げ、子宮口は亀頭を呑み込もうとさえしている。

「大丈夫ですよ。黄泉呼さんのオマ×コは喜んでくれています」

「こんなに大きなチ×ポを……こんなに奥まで入れたのは初めてだわっ！　それに、私のオマ×コの中でこんなに長く持った人も初めてよ」

　男たちは眠っている間に黄泉呼の膣穴にまったりと絞め上げられ、桃源郷で遊んでいるような幸せな気分になり、ついにはあの激しい腰遣いで射精させられたに違いない。

「男が先にイッちゃった後、黄泉呼さんはどうするんですか？　それに、女の人はどうやって？」

「そ、それは……」

　黄泉呼は次の言葉を言い淀み、緋色のシーツの上に転がっている白い棒のような物をチラッと見た。黄泉呼が『おタニ様』と呼び、祈祷の際に手にしていた物だ。それは、白珊瑚を彫って作ったディルドだった。大きさや太さ、反りが入った形まで僕の勃起ペニスにそっくりで、男が眠ったまま早々に射精した後、黄泉呼は珊瑚ディルドで自らを慰めていたのだ。

「取りあえず今は、そんなディルドなんて必要ありません。まずは僕のチ×ポを堪能してください」

このとき「今日は」と言わず、「今は」と言ったのは、あることを思いついたからだ。ともあれ、黄泉呼を一度、絶頂させてやろう。

下から手を伸ばし、前身頃をはだけた白衣を肩から落すと、染み一つない純白の身体が現れた。たわわに実った乳房の頂点に、赤珊瑚色の小ぶりの乳首がのっている。古代日本人の体型を受け継いでいるのか、ウエストのえぐれはさほどでもないが、腰骨の張り出しと尻山の肉付きは見事と言うほかない。

ムッチリとした太ももが僕の下腹の上で扇のように大きく広げられ、その無毛の中心では陰核包皮を割って赤珊瑚玉のようなクリトリスが頭を覗かせている。まるで扇の要のように見える。

「これだけ熟れきった素晴らしい身体を持ちながら、たった一人で伝統ある神社を守っていくのは、さぞや大変でしょうね」

黄泉呼は恥ずかしそうに、しかし、うれしそうにうなずいた。

黄泉呼は、自分の孤独を理解してくれた男に身を任せる覚悟を決めたようだ。

今日は体力が続く限り、黄泉呼をイカせまくり、僕もイキまくろう。

僕が腰をゆっくりと上下させると、黄泉呼は大きな円を描くように腰をグラインドさせる。僕は両腕を伸ばし、ズッシリとした重量感のある両の乳房を下から持ち上げるようにして、人差し指でしこりきった乳首を弾く。

「はうんっ！　うれしいわっ！　男の人にオッパイを触ってもらったの、何年ぶりかしら……あああんっ、気持ちいいわっ！」

黄泉呼はうっとりとした声でつぶやき、上体を倒して僕に覆い被さると、唇を重ねてきた。まるで恋人同士のように舌を絡め合い、唾液を交換し合う。全身の肌がきめ細やかで、吸いつくようだ。

元タカラジェンヌに似た美熟女との口づけは身震いするほど心地よいが、騎乗位のままでは腰を動かしにくい。黄泉呼の背中に左腕を回してゴロリと体勢を入れ替え、上体を起こして黄泉呼の艶めかしい姿態を改めて眺める。

　すると、黄泉呼は僕の目を見つめながら、髪を束ねていたことよりを解き、シーツの上に漆黒の長い髪を広げた。緋色のシーツ、その上に横たわる純白の裸身、扇状に広がった黒髪――そのコントラストの奇跡のような美しさに、思わず息を呑む。

「黄泉呼さん、なんて……きれいなんだっ！」

「あなたも……そう言えば、まだ名前を聞いていないわ。お名前は？」

「岡崎です。岡崎慎太郎と言います」

「慎太郎さん、あ、あなたのチ×ポもたくましくて、素敵よっ！　久しぶりに生身の男でイキたいわ。お願い、慎太郎さんのおタニ様で突いて突いて、突きまくってちょうだいっ！」

　ムッチリとした両の太ももをすくい上げ、両膝をシーツに押しつけるように黄泉呼の身体を二つ折りにした。そして、地面に杭を打ち込むような激しさで、勃起ペニスを上から突き入れる。

　ズンッ、ズンッ、ズンッと勃起ペニスを突き入れるごとに、黄泉呼は「あうっ！　あうっ！　あうっ！」と喘ぎ声を上げる。そんな中でも、黄泉呼の膣粘膜は勃起ペニスの肉茎をまったりと絞め上げ、子宮口は亀頭鰓りを怠らない。そればかりか、今では膣口の括約筋までが、突然覚醒したかのようにグイグイと肉茎の根元を締めつけてくる。

「よ、黄泉呼さんのオマ×コ、素晴らしい名器ですっ！　腰が蕩けてしまいそうな快感だっ！」

「し、慎太郎さんのチ×ポもすごすぎて……私、すぐにイッちゃいそうっ！」

「僕も……もう駄目だっ！　出るっ！　黄泉呼さんのオマ×コに出るっ！」

「イクッ！　れいこ、もうイクッ！　イクゥゥゥッ！」

二人の絶頂を告げる声が岩屋の中で反響する中、黄泉呼は膝の裏側を押さえつけられた不自由な姿勢ながら、驚異的な腹筋力と背筋力を発揮し、腰を上下左右に振り回す。僕は射精の第一弾を膣穴深くにしぶかせたところで、ロデオの荒れ馬のように暴れまわる黄泉呼の腰から振り落とされ、勃起ペニスが膣穴から抜け落ちてしまった。

その直後、僕の肉茎の太さのままにポッカリと大穴が開いた膣穴から、大量のイキ潮が噴射された。僕は全身に黄泉呼のイキ潮噴射の直撃を受けながら、精液の奔流を黄泉呼の開ききった股間に向かって放ち続ける。

「おおおおっ、お潮が止まらないわっ！」

「ぼ、僕も射精が止まらないっ！」

二人は十数秒にわたってイキ潮噴射と射精を続け、お互いに最後の一滴を噴き終わると、一面染みだらけになったシーツに倒れ込んだ。


身体の中に溜まりに溜まった積年の澱《おり》をイキ潮でデトックスした黄泉呼は、解脱したような穏やかな表情を見せ、緋色のシーツの上に純白の裸身を横たえている。そして、慈母のような笑みを浮かべ、話しかけてきた。

「お潮を噴いたのも初めてだし、セックスで心も身体もこんなにスッキリしたのも、初めてよ」

どちらからともなく抱き合い、お互いの唾液を甘いと感じなくなるまで唇を貪り合った。黄泉呼に腕枕すると、胸の上に頬を預け、年下の僕に甘えるような仕草を見せる。愛おしさが募り、その八頭身の頭を撫でながら尋ねる。

「黄泉呼さんはイクときに自分のことを『れいこ』って呼んでいましたね？」

「そうよ。黄泉呼は宮司として代々受け継いできた名前で、本名は檀礼子《まゆみれいこ》って言うの。『れいこ』はお礼の礼に子供よ」

「さっき、ノユリゴケの煙を吸って眠る……とか言ってましたね。そのコケの煙に眠くなる成分が入ってるってことですか？」

「慎太郎さんには隠し事はできないわね。そうよ。香の代わりにノユリゴケというコケを焚いて、その煙を吸わせて眠らせるの」

「黄泉呼さんはどうして眠くなったりしないんですか？」

「最初は眠くなったりしたけど、日ごろからノユリゴケの煙を吸っていたら、効かなくなったみたい。それに、眠くなるだけじゃなくて、男も女も性感を高めてエッチな気分にさせる効果もあるのよ」

黄泉呼は自らの蜜液にまみれた僕のペニスを右手で握って手コキしながら、左手で珊瑚ディルドをつかみ、僕に見せる。

「これは亀ノ大頭神社の御神体のおタニ様よ。女の人はこの御神体のおタニ様でイカせてあげるのよ」

名は体を表すというけど、神社の名前と同様に、亀頭部分が大きく膨らんだデイルドだ。これまでに何百人、何千人もの女の膣穴に挿入され、蜜液を吸ってきたのだろう。全体が椿油でも塗り込んだように鈍い光を放っている。

全裸の黄泉呼に手コキされながら、巫女の装束をまとった邪馬台国の女王卑弥呼が眠っている男や女を絶頂に追い上げる姿を想像したら、しこたま射精したばかりだというのに、黄泉呼の手の中でペニスが急速に膨張する。

「実は、僕、もう一つ悩みというか、お願いがあるんですけど、聞いてもらえますか？」

黄泉呼は年下の恋人に話しかけるような優しい声で尋ねる。

「なあに？　言ってみて」

「軽蔑《けいべつ》しないでくださいね。実は、僕、肛門フェチなんです」

「こ、肛門フェチ？」

黄泉呼の顔が一瞬引きつった後、目に淫蕩《いんとう》な鈍い光が宿る。

「お尻の穴に興味があるの？」

「はい。お尻の穴にキスをして、吸ったり舐めたりするのが大好きなんです。特に、黄泉呼さんのように高貴で美しい熟女の肛門に魅《ひ》かれるんです」

黄泉呼は僕を嫌悪したり軽蔑するするどころか、逆に、自らクルリと背を向けると、尻山を僕の下腹に押しつけてくる。

「そんなこと言われたの初めてだけど、お潮を噴かせてくれたお礼に、私のお尻の穴でよければ、キスしてもいいわよ」

手コキで膨張を始めていたペニスが、一気に完全な勃起を回復する。

「ほ、本当ですか？　うれしいですっ！」

僕は身体を起こし、黄泉呼をうつ伏せにして尻山を両手で引っ張り上げる。絶叫コースターの軌道のように、急角度で尻山を突き上げる形だ。

眼下に広がる光景の美しさに、思わず息を呑んだ。黄泉呼の豊かな尻山の間の深い谷間から陰裂にかけての一帯は完全な無毛で、色素沈着もほとんどない。膝を肩幅に広げさせると、その谷間の奥で、シーツの緋色にも負けないほど鮮やかな赤珊瑚色の肛門の窄まりが、ひっそりと息づいているのが見える。

緻密で刻みの深いシワが放射状に整然と並んだ様子は、何やら古代の女王の紋章のように神秘的で、気品すら感じさせる。乳首とクリトリス、それに肛門の窄まりだけが赤珊瑚色に色づく黄泉呼の身体を眺めていると、本当に卑弥呼の末裔かもしれないと思えてきた。

「黄泉呼さんのお尻の穴、赤珊瑚色をしていて、とってもきれいですっ！　いただきますっ！」

染み一つない尻山を大きく割り広げ、その中心に顔を伏せようとした途端、湿った空気とともに立ち昇る強烈な淫臭に襲われた。さっきの激しいセックスで汗をかいたせいか、僕の鼻詰まりが解消されていたのだ。

高貴とも言える美貌と流麗なラインを描く純白の肉体、清楚な佇まいの生殖器官と排泄器官を持つ黄泉呼の股間から、これほど生臭く、鼻を突くような牝臭が発せられるとは……。古《いにしえ》の卑弥呼もこの強烈な淫臭で男たちを虜《とりこ》にしてきたのかと考えた途端、脳髄が痺れ、すでに完全勃起しているペニスの海綿体に、さらに血液が流入しようとするのが分かった。

「黄泉呼さんの尻穴、とってもきれいなのに、すごくエッチで、きつい匂いがプンプンしてますよ」

「ひいっ！　だ、だって、仕方ないでしょ！　あれだけ激しくイキ潮を噴かされたし、ホーミー汁だっていっぱい流したんだもの」

「でも、僕は嫌いじゃないですよ、黄泉呼さんの下品でエッチな匂い」

僕は尻山の谷間に鼻を突っ込むと、思い切り深呼吸して黄泉呼の淫臭で肺腑を満し、矢も楯もたまらず赤珊瑚色の肛門の窄まりにむしゃぶりついた。

黄泉呼は「はっ！」と小さな呻き声を上げ、全身を緊張させたが、その後はじっとしている。

イキ潮と蜜液にまみれた窄まりに唇をスッポリと被せ、強く吸引しながら、舌先で刻みの深いシワの一本一本を掘り起こすように舐めていく。たっぷりと時間をかけて窄まりを一周すると、次に反対に一周する。これを二、三回続けると、窄まりがヒクつき始め、中心が息づくように弛緩と収縮を繰り返す。まるで生きた赤珊瑚がエサのプランクトンを求めて口を開閉しているようだ。

さらに十分ほど窄まりのシワの掘り起こしを続けるうち、黄泉呼は気持ちよさそうな喘ぎ声を上げるようになった。窄まりの中心に舌先をあてがうと、窄まりは舌先にキスをするように迎え入れる。

「ああんっ！　お、お尻の穴を吸われるのが、こんなにも気持ちいいなんて、知らなかったわ」

黄泉呼はシーツに頭を預けたまま、うっとりとした表情の横顔を見せてつぶやいた。かなりほぐれてきた肛門の窄まりをさらにほぐすように、親指の腹でマッサージしながら尋ねる。

「野遊里島の人たちは、野遊びはしても、アナルセックスはあまりしないようですね」

「慎太郎さんがこの島の何人かの女の人とアナルセックスをしたというのは、本当だったのね。でも、お尻の穴を吸われたり舐められたりするのが気持ちいいのは分かったけど、慎太郎さんの大きなおタニ様が入るなんて……す、すぐには信じられないわ」

恐れ多いことに黄泉呼は、イキ潮絶頂した後、神社の由緒ある御神体と僕のチ×ポを同列に扱ってくれている。

「最初は皆さん、そうおっしゃいますが、今まで尻穴が裂けたりしたことはありません。最後にはお潮まで噴いて、とっても喜んでくれますよ」

口では信じられないと言いながら、黄泉呼の肛門の窄まりはマッサージしている親指を勃起ペニスと勘違いしてか、早くも呑み込もうとしておちょぼ口を広げる素振りを見せてくる。

「でも、僕が何人かの島の女の人とアナルセックスしたという話は、誰から？」

「村長の多仲美波さんから、高木不動産の人が近々ここにも来るはずだって教えてもらってたの。そのときにアナルセックスのことも聞いたのよ」

「じゃあ、最初から僕の正体を？」

「ええ、そうよ。名前は聞いていなかったけど。それで、ノユリゴケの煙で眠らせて、骨抜きにしてやろうって待ち構えていたのに……」

菜々緒と文乃さんがレズ友だったように、もしかしたら、多仲美波と黄泉呼もレズ友なのかもしれない。いずれにせよ、多仲美波村長と大月菜々緒が通じ、菜々緒が黄泉呼に通じ、村長と黄泉呼も通じているとなれば、もはや隠し立てしても無駄だ。

自称ながら日本の古代史で最も有名な女性である卑弥呼の末裔にして、元タカラジェンヌ女優にそっくりな美熟女の肛門にマッサージを施しながら、こんな話をするのもどうかとは思ったが、当の相手が尻山を突き出した姿勢を解こうとはしないのだから、続けてもいいだろう。

「じゃあ、僕が黄泉呼さんに会いに来た目的も聞いていますね？」

「ええ、教えてもらったわ。リゾート開発のためでしょ？　だから、あなたが『仕事に行き詰まって、自分を見つめ直そうと思った』なんて、もっともらしいことを言ったときは、思わず吹き出しそうになったわよ」

「黄泉呼さんも人が悪いな」

「でも、嘘をついて私に近づこうとしたあなたの方がもっと悪いわ」

「確かに、そうですね。謝ります……すみませんでした」

「分かってくれればいいのよ」

「あのう、改めて聞きますけど、黄泉呼さんはどうして、リゾート開発に反対しているんですか？　リゾート施設ができて観光客が増えれば、この亀ノ大頭神社も有名になって、参拝者も増えるはずですよ」

「そ、そうかもしれないわね。でも……はうっ！」

膣穴から流れ出る蜜液を親指ですくっては窄まりに塗りつけ、黄泉呼を追い詰めるように、親指の腹でマッサージする力を強めていく。窄まりは熱を帯び、ヒクつきが激しくなる。

「何かあるんですね？　お友達の多仲村長にも言っていない秘密が。それを教えてもらえませんか？」

「そんなに知りたいのなら、私にもう一度、お潮を噴かせてちょうだい。今度は……そのアナルセックスで」

「分かりました。もう十分にほぐれているようだから……さっそく」

右手で勃起ペニスをつかむと、黄泉呼の小陰唇にこすりつけ、亀頭の先から肉茎の根元まで、満遍なくたっぷりと蜜液にまみれさせる。

「いきますよ、黄泉呼さん」

パンパンに膨らんだ亀頭を肛門の窄まりに押しつけると、黄泉呼は大きな枕を引き寄せて顔を埋める。両手で端をしっかりとつかみ、アナル破瓜《はか》の衝撃に備えているのだ。

「いいわ。きてっ！」

亀頭を窄まりに擬したまま、黄泉呼の腰を両手で引き寄せる。赤珊瑚色の窄まりは、刻みの深いシワを押し広げられながら、肛門括約筋の中に沈み込んでいく。

「黄泉呼さん、もう少しです。大きく息を吐いてください」

黄泉呼は素直に、一度大きく息を吸い込み、吸った分以上に吐き出す。

亀頭を押し返そうとしていた圧力が不意に消え、亀頭が肛門括約筋の内側に消えた。

「ああんっ！　は、入ったのね？」

「はい。入りました。血は出ていませんよ。それどころか、黄泉呼さんのお尻の穴、すごい力で締めつけてきてます」

「慎太郎さんのおタニ様も……す、すごいわっ！　内臓ごと突き上げられたような感じだわっ！」

「黄泉呼さん、それは大袈裟ですよ。入ったのは、まだ先っぽだけです。これから、ゆっくりと根元まで入れていきますよ」

黄泉呼は最初に教えられた通り、ゆっくりと深呼吸をして括約筋の緊張を緩《ゆる》める。僕は勃起ペニスを一センチ刻みに肛門の窄まりに押し込んでいく。

「う〜ん、すごい圧迫感だわっ！　こ、今度こそ……喉の奥まで突き上げられてるみたいっ！」

黄泉呼の尻山と僕の下腹が密着した。

「今度は、ゆっくりと引いていきますよ」

黄泉呼の尻山から下腹を引き離そうとしたが、ビクともしない。黄泉呼の腰を両手で前に押し出すと同時に、僕の腰を後ろに引こうとするが、肛門の窄まりがわずかに外側に膨らむだけで、やはりビクともしない。

黄泉呼の肛門括約筋が勃起ペニスの根元を締め上げ、直腸は蠕動《ぜんどう》して直腸の奥を真空状態にして引き止めているのだ。そして、真空ポンプに吸い上げられる水のように、睾丸の中の精液まで吸い出されそうだ。まさに直腸バキュームで、今までにも似たような事態に陥ったことはあったが、ここまで強力な締めつけと真空状態は初めてだ。

膣痙攣ならぬ、アナル痙攣でも起こしたのかと思ったが、黄泉呼は肛門の窄まりから勃起ペニスが引き抜かれるのを大人しく待っている。肛門括約筋の締めつけも直腸の蠕動も、黄泉呼には無意識の肉体の活動のようだ。

「慎太郎さん……さっきから動かないけど、ど、どうかしたの？」

「よ、黄泉呼さんのお尻の穴が、あまりに高性能で……動けないんです」

このままでは本当に動きを封じられたまま、精液を吸い取られてしまう。それでは情けなさすぎるし、黄泉呼からリゾート開発に反対する理由を聞き出すことができなくなる。

と、そのとき、緋色のシーツの上に転がっている白珊瑚のディルドが目に入った。菜々緒との一戦でも二穴責めで形勢を逆転できたのだから、座して射精を待つよりも、一か八か、やってみる価値はありそうだ。

白珊瑚ディルドを手に取ると、大栗のような亀頭の先端を膣穴にあてがい、膣穴に一気に押し込んだ。

「はうっ！　ま、前も後ろもなんてっ！」

黄泉呼は背筋を使って上体を反らして膝立ちすると、岩屋の天井に向かってと大きな叫び声を上げげた。その叫び声は岩屋の天井に開いた穴を通じて天空に放たれたに違いない。

やはり二穴責めの効果は大きかった。黄泉呼が上体を反らしたことで、勃起ペニスが亀頭のエラの近くまで姿を見せていたのだ。肉茎は直腸粘液にまみれ、ヌラヌラと鈍い光を放っている。

白珊瑚ディルドを膣穴に挿入したまま、黄泉呼の上体をもう一度、シーツに伏せさせ、今度は短いストロークを繰り返しながら、勃起ペニスを徐々に、奥へ奥へと沈めていく。

「はううんっ！　お尻の穴がこすれて、だんだんと熱くなってきたわっ！」

相変わらず肛門括約筋は容赦なく肉茎を締めつけ、直腸粘膜は真空ポンプのように吸引する動きを見せているが、大量に分泌された直腸粘液が潤滑油となり、ストロークの大きな抜き挿しもスムーズに行えるようになった。

僕は黄泉呼の手を取り、黄泉呼の膣穴に挿入されている白珊瑚ディルドの根元を握らせ、前後に動かしてやる。

「こ、これが二穴責めねっ！　なんて気持ちいいのっ！」

僕が手を離すと、黄泉呼は自らディルドを膣穴に荒々しく突き立て始めた。僕もそれに負けじと激しく勃起ペニスを黄泉呼の排泄器官に突き入れる。生殖器官と排泄器官を隔てる肉壁越しに、勃起ペニスの裏側が白珊瑚ディルドとこすれ合う。

「おおおっ！　黄泉呼さんのオマ×コの中のディルドが、僕のチ×ポに襲いかかってるっ！」

「はうっ！　す、すごいわっ！　世の中にこんなに気持ちのいいことがあるなんて……れ、礼子、また……イキますっ！　イクッ！　イクッ！」

黄泉呼は再び上体を起こして膝立ちし、岩屋の天井に向かって絶叫する。反動で勃起ペニスが抜けないように、黄泉呼の腰をガッチリと引きつけると、肛門括約筋はこれまでにも増して厳しい締めつけを見せ、直腸粘膜は亀頭をすり潰《つぶ》す勢いで絞り上げてくる。

「ぼ、僕も……イクッ！　黄泉呼さんの尻穴で、イクッ！」

僕が黄泉呼の直腸の奥深くに精液の奔流の第一弾を放つと同時に、黄泉呼が白珊瑚ディルドを膣穴から引き抜き、次の瞬間、膣穴からイキ潮が噴き出す。

「またよっ！　またお潮を噴いてるわっ！　すごいっ！　な、なんて気持ちいいのっ！」

黄泉呼の直腸へ精液の最後の一滴を放ち終えたとき、黄泉呼のイキ潮噴射も終わった。僕が黄泉呼の肛門から萎えたペニスを引き抜き、イキ潮の染みが広がるシーツに仰向けに倒れ込むと、黄泉呼は僕の隣で、凄絶な二穴絶頂の余韻に激しく身悶えする。白蛇は神様の使いだというが、今の黄泉呼は、緋色のシーツの上でのたうち回る白蛇のようだ。僕はそんな黄泉呼の身体を抱きよせ、背中を撫でてやる。

身悶えの治まった黄泉呼が、僕の胸に顔を預けてつぶやく。

「いままで男の人を相手にしてきて、こんなにゆったりとした幸せな気分になったことはなかったわ」

黄泉呼は問わず語りに、リゾート開発に反対する理由を話し始めた。それは次のような経緯からだった
数年前から野遊里島でフィールドワークを続けている琉球バイオサイエンス大学准教授の長谷川《はせがわ》恭子《きょうこ》が昨年、野遊里岳の麓で珍しいコケを発見し、その成分を分析したところ、燃やした煙に催眠効果と催淫効果があることを突き止めた。

その長谷川准教授からノユリゴケの無償提供を受けて祈祷に使い、催眠と催淫の効果で眠っている間に男には手コキを、女には白珊瑚ディルド責めを施してイカせる。これはと思うチ×ポに出会ったときは、膣穴で味見をしてきたという。

彼らが目を覚ましたときには心身ともにスッキリとしているため、一年ほど前からノユリゴケを使った祈祷が霊験あらたかだと評判を呼び、リピーターも増えて

亀ノ大頭神社は繁盛しているという。

ただし、黄泉呼自身はノユリゴケが生息している場所を知らない。その長谷川恭子からノユリゴケの提供を受ける見返りとして、高木不動産によるリゾート開発に反対するように命じられたのだった。

話し終わった黄泉呼は改めて、大量のノユリゴケを焚き、その催淫効果と巧みなフェラチオと手コキで、僕のペニスを二度にわたって強制勃起させ、膣穴と直腸の奥深くにもう一度ずつ精を放たせた。

その間、僕のペニスを呑み込んでいない方の穴は、黄泉呼が自ら操る白珊瑚ディルドで嬲り抜かれた。

その貪欲さのすべてが満たされたとき、黄泉呼は指一本動かす力もなくし、全面にドス黒い染みができて強烈な淫臭を放つ緋色のシーツの上に、死体のように全裸のまま横たわっていた。黄泉呼のイキ潮と蜜液は、マットレスにもグッショリと染み込み、当分は使い物にならないだろう。

僕は這うようにして亀ノ大頭神社の参道を下り、文乃さんとの待ち合わせ場所にたどり着いた。その夜は軽い食事の後、布団に潜り込み、泥のように眠った。

明け方に、白衣と紫色の袴を着た黄泉呼が大きな頭を持つ二匹の亀に膣穴と肛門を犯される夢を見たが、朝勃ちする気配すらなかった。

第四章　フランス帰りのミニスカ准教授はレズで露出狂

次のターゲットである長谷川恭子は沖縄本島の那覇在住のため、那覇に戻って恭子について調べ上げることにした。

那覇市北郊の海沿いにある琉球バイオサイエンス大学は、バイオ研究に特化した単科大学だ。キャンパスはこじんまりとしているものの、公式ホームページによれば、世界各国の製薬会社などから潤沢な資金提供を受け、最先端の研究を行っているとのことだ。長谷川恭子のプロフィールには、日本の国立大学を卒業後、南フランスのソラボンヌ大学の大学院に留学。そこでコケ類やキノコ類の医薬品利用に関する研究を行って博士号を取得したとある。

そんな経歴もさることながら、ひと際目を引くのが、ホームページに掲載された長谷川恭子の数々の写真だ。

ハーフのような彫りの深い顔立ちで、黒髪を金色に染めれば、かつて一世を風靡したスウェーデン出身のハリウッドの美人女優によく似ている。研究室で身体の線も露わな白衣を着てニッコリと笑う写真や、スラリとした太ももが剥き出しのタイトなミニスカート姿で教壇に立つ写真などが多数掲載され、大学の広告塔の役割も果たしているらしい。年齢は四十二歳とのことだが、知性とエロスが混在する美貌の長谷川恭子は、三十代前半にしか見えない。

那覇に戻ったその夜、これまでの調査で分かったことを、直属の上司である藤堂美和さんと一緒に整理することになった。

ここは、美和さんが宿泊している那覇の高級ホテルの一室。このデラックスツインルームの主である美和さんは今、二台あるセミダブルベッドの一方に大の字に寝た僕の足元にうずくまり、部下である僕の勃起ペニスにフェラチオと手コキを施してくれている。もちろん、二人とも全裸だ。

僕が泊る部屋は下の階にあるが、沖縄に赴任してきて以来、那覇にいる間は夜ごと美和さんの部屋を訪れ、ベッドの上で業務報告をするのが日課になっている。

「琉球列島の中でも他に例を見ない植物が生息する野遊里島は……うっ、長谷川恭子にとってまさに宝の島でした。島でフィールドワークをしていて、珍しいコケを発見し……け、研究室で分析したところ、その煙に催眠と催淫の効果があることが分かったんだそうです。おおおっ！」

美和さんは左手で勃起ペニスの肉茎を握り、右手のひらで亀頭を包むようにズリッ、ズリッとこね回す。僕の好きな亀頭嬲りだ。僕は両脚をピンと突っ張らせて後を続ける。

「ノ、ノユリゴケと命名したそのコケを黄泉呼に与え、ううっ、妖しい祈祷に利用するように入れ知恵して……そ、その見返りに『リゾート開発に反対すべし』という嘘のお告げを、開発予定地の地主である大月菜々緒に伝えさせたというわけです。ちなみに、ノユリゴケという名前は正式な学術名ではなく、長谷川恭子と黄泉呼の二人が、そう呼んでいるんです」

「よく頑張って、ここまで調べてくれたわ。さすがは私が見込んだ絶倫とデカマラだけのことはあるわ」

美和さんは今、左手で両の睾丸を揉み込みながら、右手で亀頭の先端から肉茎の根元まで、満遍なくしごいている。

「その大月菜々緒が多仲美波村長に伝え、反対を表明させたというわけね。問題は、大学の准教授である長谷川恭子がリゾート開発に反対する理由が一体何かということよ。何か裏がありそうだわ」

「裏……と言うと？」

「学者として純粋にノユリゴケを研究したいなら、野遊里島の生態系を守るために珍しいコケのことを公表して、リゾート開発をやめさせるように世論に訴えて、それを受けて多仲村長が工事差し止めを命じればいいわ」

「確かに……そうですね」

「でも、そうなると、すでに環境アセスメントを終えているわが社は、裁判に訴える。法廷でノユリゴケの生息地を明らかにせざるを得なくなり、大々的な現地調査が行われることに……もしもそこで、ノユリゴケ以外の希少植物か何かが見つかったら？」

「そうかっ！　野遊里岳の森の中に秘密があるんだっ！　ノユリゴケよりも大切な何かを隠しておきたいってことだっ！」

「よくできましたっ！　ご褒美に、私のオマ×コを舐めさせてあげるわ」

美和さんはそう言うと、僕の身体の上で逆向きに四つん這いになった。僕の顔の真上で、美和さんのしとどに濡れた生殖器官がパックリと割れ、鶏のトサカのようにほころび出た小陰唇がピンク色の薔薇《ばら》の花を咲かせる。僕の顔は生臭い淫臭混じりの湿った空気に覆われ、思わずむせそうになる。

「明日からは、長谷川恭子を徹底的にマークするのよ。いいわねっ！」

美和さんは返事を待たずに、蜜液をしたたらせている満開の小陰唇を僕の口に押しつけてきた。僕は返事の代わりに小陰唇を口に含み、チューチューと蜜液を吸いながら、内側の緻密なヒダヒダを舌先でくすぐる。

「はうっ！　今日はクリ舐めで一回イッた後、膣穴で一回、仕上げにお尻の穴で一回イカせてもらうわ」

僕はそれからおよそ一時間半にわたり、美和さんのリクエスト通りに三カ所の性感ポイントを責め立てた。そして、最後には後背位で肛門の窄まりを責めながら、右手を前に回して美和さんの股間に差し入れ、人差し指と薬指で陰核包皮を押し下げて中指でクリトリスを嬲ってやった。美和さんが天井を仰いでイキ潮を噴くと同時に、僕も美和さんの直腸の奥深くに会心の射精をする。

その夜は、イキ潮絶頂の余韻にいつまでも身悶えしている美和さんを残し、僕は自分の部屋に引き揚げた。

民宿の女将の山城文乃、村長の多仲美波、女猟師の大月菜々緒、自称卑弥呼の末裔で巫女の黄泉呼という経験豊富な熟女たちを相手にしているうちに性技がパワーアップしたのか、美和さんをイカせまくるのに、以前ほど苦労をしなくなっていた。今の僕なら、インテリ美熟女の長谷川恭子を堕とし、野遊里島の森の秘密を聞き出すのは、わけもないはずだ。

長谷川恭子は那覇空港に近い高層マンションに住み、真っ赤なスポーツカーで大学に通っている。晴れた日にはルーフを開け、サングラスをかけて黒髪を風になびかせて走る。すべてが様になっていて、まるでハリウッド映画のワンシーンのようだ。

白いブラウス、濃紺のタイトスカート、それにストッキングを穿かない生脚が恭子のトレードマークだ。これから夏場に向かう季節に合わせてスカートの丈は日に日に短くなってきて、ブラウスのボタンは上から三つか四つが外される。恭子がルーフを開けて運転していると、付け根近くまで剥き出しの生太ももや、ブラジャーからこぼれ落ちんばかりのDカップはありそうな乳房が、白くハレーションを起こす。

また、恭子の授業では、教室の最前列の席から埋まるのが常だ。教壇に立った恭子が床に何かを落して拾い上げる際、前屈みになった恭子のスカートの裾が太ももと尻山の境目までずり上がることもしばしばで、男子学生たちがその姿をスマートフォンで盗撮するのだ。多くの男子学生のオナペットになっているのは間違いない。

長谷川恭子がかなり重度の露出趣味の持ち主だと気づくのに、大した日数はかからなかった。だが、不思議なこともある。北欧系ハーフのように彫りが深く、気品を漂わせる美貌とメリハリの効いた抜群のスタイルを持ち、しかも露出趣味のある恭子に、まったく男の影が見えないのだ。

美人でスタイル抜群の露出好き熟女がだから、言い寄る男は多い。しかし、恭子はそんな連中をけんもほろろに追い払う。かと言って、男の部屋を訪ねるでもなく、恭子の部屋にやって来る男もいない。

六月に入ったある日、構内の食堂で昼飯を食べていると、後ろのテーブルに座った学生たちの口から、長谷川恭子の名前が出た。聞き耳を立てていると、どうやら恭子のゼミの学生たちで、今月の最終週に恭子の引率で野遊里島にフィールドワークに行くという。その時期は、月野遊びの日と重なる。

「長谷川先生、今年もエッチな水着を着てくれるかな？」

「去年のハイレグ、すごかったなあ。前は今にもオマ×コに食い込みそうで、後ろは完全にお尻の谷間に埋もれてたもんな」

「オッパイだって、Dカップの巨乳がブルンとこぼれそうだったぜ」

「俺、あのときスマホで撮った動画で、何回オナッたか分からないぜ」

どうやらフィールドワークの合い間に、みんなで海水浴をしたらしい。

「今年は、ほとんど紐でできたビキニらしいぜ。デパートの水着売り場でバイトしてる松野尚子《まつのなおこ》が言うんだから、間違いない」

「うおおおおっ！　その話を聞いただけで勃ってきたぜ」

僕はその場でスマホを取り出し、「長谷川恭子　水着」で画像検索した。すると、学生たちが話していた通りの水着を着た恭子の写真が出てきた。腰骨の上まで切れ上がった白いワンピースの水着を着て、波打ち際にバンザイをするようなポーズで仰向け横たわっている写真だ。

ワンピース水着といっても、全体がシースルーの薄布でできていて、乳首と股間の部分が花模様の刺繍をあしらった小さな布地で覆われているだけだ。恭子の肌も雪のように白いので、パッと見た瞬間、全裸なのかと思った。

幅三センチほどのハイレグの前布は、陰裂に食い込まないのが不思議なほど鋭く切れ上がり、辛うじて陰核包皮をカバーしているだけだ。本来なら陰毛が生い茂っているはずの恥丘は完全な無毛で、大部分が剥き出しになっている。

おまけに、乳首と乳輪だけが小さな三角形の布地で隠されているに過ぎない乳房は、すでにこぼれ出ているのと同じだ。

やはり波打ち際でうつ伏せになった写真では、股布の後ろ部分は豊かに盛り上がった尻山の狭間に埋もれている。隠れているのは黒髪に覆われた肩甲骨《けんこうこつ》の辺りだけで、素っ裸と変わらない。

もしもこのとき、四つん這いになった恭子を後ろから撮影すれば、ほとんど紐状になった股布の脇からはみ出した肛門の窄まりまで写っただろう。

北欧系ハーフと見紛うばかりのエキゾチックな美熟女准教授が、その熟れきった肉体を惜しげもなく教え子たちの目に晒したのだ。男子学生が長谷川恭子のほとんど全裸の水着姿をオカズにオナニーにふけったのも無理はない。

月末の宿泊予約をするため野遊里島の民宿「やましろ」の山城文乃さんに電話を入れると、二階に二間ある客室はすでに長谷川恭子ゼミ一行の予約で埋まっていた。「やましろ」は偶然にも長谷川ゼミ一行が野遊里島に来たときの定宿で、客室の一つには男子学生四人が、もう一つには長谷川恭子と二人の女子大生が泊まるのだという。

「そうですか。じゃあ、別の民宿を当たってみます」

落胆を隠せずにそう言うと、文乃さんの笑い声が聞こえた。

「何を言ってるの。水臭いわね。一階の私の部屋の隣で寝ればいいでしょ。元々は娘の部屋だけど、今は空いてるわ。その方が、何かと便利だしね」

文乃さんは意味ありげに言って、電話を切った。

その夜は、長谷川恭子の超ハイレグ水着姿を思い出しながら、美和さんの直腸の奥に大量の精液をしぶかせた。

長谷川恭子と学生たちが野遊里島に行くまでの二週間、必要以上に恭子の周辺をうろついて気づかれる危険を考慮して、前回の野遊里島行き以来中断していたゴルフの練習を再開した。

毎日三百球以上の打ち込みを五日間続けると、ドライバーショットはほぼ真っ直ぐに飛ぶようになり、アイアンショットの距離感の精度も上がった。

美和さんに連れられて初めてゴルフコースに出て、僕のスコアは一二七、美和さんは九九だった。ドライバーやロングアイアンの飛距離では美和さんを圧倒したものの、練習場では練習できないバンカーで大叩きし、パッティンググリーン上ではスリーパットやフォーパットの連続だった。

気象庁が全国に先駆けて沖縄の梅雨明けを宣言した月野遊びの日の二日前、長谷川恭子ゼミ一行より一日遅れて野遊里島入りした。昼過ぎに「やましろ」に着くと、当たり前だが、一行はフィールドワークに出かけていた。さっそく、およそ一カ月ぶりに文乃さんの絶品フェラチオと、緻密で刻みの深いシワが放射状に並ぶ肛門の窄まりを堪能した。

二人でシャワーを浴び、食堂のテーブルで文乃さん手作りの野草のハーブティーを飲んでいるところに、恭子一行が戻ってきた。玄関から恭子の声が聞こえたとき、白いブラウスに濃紺の超ミニスカート姿を思い描いたが、むろんそんな格好で亜熱帯の樹木や野生の草花が生い茂る野遊里島の原生林に分け入ることはできない。

恭子はサファリ探検隊のようなベージュの迷彩柄の長袖シャツに長ズボンという出で立ちで、まるで冒険雑誌のグラビアから抜け出してきたかのようにスタイリッシュだ。学生たちは、GパンやチノパンにTシャツなど、思い思いの格好をしている。

「長谷川先生、おかえりなさい」

「ただいま戻りました。あら、そちらの方は？」

長谷川恭子が僕を見つけ、文乃さんに尋ねた。

「馴染みのお客さんで、一階の部屋に宿泊される岡崎慎太郎さんです」

「岡崎です。よろしくお願いします」

立ち上がって挨拶すると、恭子は近づいて握手を求めてきた。留学時代に身に着けた習慣なのだろう。額には汗がにじんでいるが、恭子の身体が発しているのは汗の匂いだけではなかった。文乃さんの喉奥と直腸に精を放っていなければ、この場で即、勃起していただろう。それぐらいきつい牝臭が立ち昇っている。

文乃さんが夕食の用意をする間に、恭子たち一行は順番にシャワーを浴び、二階で寛いでいる。僕は食堂のテーブルで、美和さんからモバイルパソコンに届いたメールを読んだ。それは、およそ次のような内容だった。

高木不動産調査部の報告書に、野遊里岳山麓の一帯を調べていた際、珍しいコケとともに奇妙なキノコが群生しているのを発見したとあった。清らかなせせらぎの岸辺にビッシリとコケが生え、そのコケの間からマツタケのような色と形をした小さなキノコがポツリポツリと顔を覗かせていたという。

添付された写真を見たとき、コケはノユリゴケだと分かった。美和さんは、もしかしたら長谷川恭子が隠しておきたい野遊里の森の秘密とは、このキノコかもしれないと推理し、それを僕に確かめるように言ってきたのだ。

やがて文乃さんが二階に声をかけ、食事の支度が整ったことを告げる。食堂のテーブルに座って階段を眺めていると、まず真っ赤なペディキュアを施した生足が見え、一段降下りるごとに引き締まったふくらはぎ、可愛らしい膝、スラリと伸びた太ももが見えてきた。すぐに長谷川恭子の脚だと分かったが、スカートの裾がなかなか見えてこない。

生脚が階段の半ばまで下りたとき、初めて恭子の白い衣服が見えた。恭子がまとっているのは、スカートの丈が太ももの付け根ギリギリまでしかない超ミニのタイトなワンピースだった。ほかの二人の女子大生もそれなりに短いスカートを穿いていたが、露出度でも艶めかしさにおいても、純白の肌に青白い血管が透けて見えるアラフォーの恭子の太ももの比ではない。

その夜の食事は、文乃さんの心のこもった料理と野遊里島で醸造された泡盛で大宴会となった。残念ながら、僕の向かい側の席に着いた恭子の太ももはテーブルの下に隠れて見ることができなかったが、その代わりに、V字に大きく割れたタンクトップタイプのワンピースの胸元から、たわわな両の乳房が作る深い谷間ばかりか、乳輪の際まで露わな柔肌をたっぷりと拝ませてもらった。長谷川恭子がわざとらしくセミロングの黒髪をかき上げ、毛穴一つ見えない純白の腋窩《えきか》まで見せつけてきたのも一度や二度ではなかった。

やはり、長谷川恭子の露出癖は相当なものだ。これほどまでにエロい美熟女を教師に持つ男子学生は、授業の前後にオナニーで精を抜かなければ堪らないだろう。授業中にオナニーにふける猛者《もさ》もいるかもしれない。

長谷川恭子にそれとなく明日からの予定を聞くと、明日もフィールドワークを続け、明後日は野遊里ビーチで海水浴を楽しむという。奇しくもその日は、月野遊びの日だ。長谷川恭子を堕とすには、この日しかない。

後ろ髪を引かれる思いで夜九時に食堂を出て、文乃さんの隣の部屋で布団に横になっていると、一時間ほどですべての後片付けを終えた文乃さんがやって来た。僕が布団の端に寄ると、文乃さんはコットンのワンピースを脱いで添い寝する。ブラジャーもパンティーも着けていない全裸だ。

「今夜の長谷川先生、すごい格好をしてたわね。きっと、岡崎さんを意識したのよ。おかげで、男子学生は今ごろみんな、部屋でオナニーしてるわよ」

そう言いながら、僕の股間に手を伸ばし、宴会の最中からずっと勃起しっ放しのペニスを握る。

「やっぱり、あなたも……長谷川先生のせいね」

「文乃さんに抜いてもらいたくて、ずっと我慢して待っていたんです」

「私もレズっ気があるから、おかしな気になっちゃったわ。だから、最初はホーミーにいただくわね。ホーミーで一度イカせてくれたら、後はあなたの好きにしていいわ」

文乃さんの股間に手を差し入れると、ガジュマルの木のように広範囲に繁茂する陰毛がしとどに濡れていた。僕は正常位で勃起ペニスを膣穴に挿入し、十五分ほどでイカせた。正体のなくなった文乃さんをうつ伏せにし、腰を引っ張り上げて尻山を掲げさせて肛門の窄まりに押し入り、長谷川恭子の肛門の窄まりを想像しながら、文乃さんの直腸の奥に射精した。


翌朝は、長谷川ゼミ一行が出かけるのを待って起き出し、遅い朝食を文乃さんと二人で食べながら、話を切り出した。

「文乃さん、今日の午前中、軽トラックを貸してもらえませんか？」

文乃さんは自家用のミニバンと作業用の軽トラックを持っている。

「いいけど、どこに行くの？」

「ちょっと黄泉呼さんにお願いがあって、亀ノ大頭神社まで」

「じゃあ、お昼までに帰るのは無理ね」

「どうしてですか？　あそこまでなら一時間もあれば往復できますよ」

文乃さんが食後のお茶を一口すすり、朝に似合わない艶っぽい含み笑いを浮かべた。

「このところ、黄泉呼さんからしょっちゅう電話がかかってきてるのよ。慎太郎さんはまだ来ないのってね」

「よ、黄泉呼さんが……そんなことを？」

「いままでは黙っていたけど、月野遊びが近づいてくると、多仲美波村長や菜々緒さんからもかかってくるのよ」

「そ、そうなんですか？」

「モテる男はつらいわね。身体がいくつあっても足りなさそうね」

僕は軽トラックのキーを受け取ると、すぐさま出かけた。亀ノ大頭神社まで道はほとんど一本道だから、迷うことはない。山道を走ること二十分ほどで参道の入り口に到着した。

参道の石畳の上に、膝上丈の黒いワンピースを着て、ピンヒールの黒い靴を履いた女が立っていた。鬱蒼とした亜熱帯の森では場違いな感じは否めないが、女の際立った美しさは鎮守の森の荘厳さをも圧倒している。

恐らくはシルク製だろう光沢のあるノースリーブのワンピースは、たわわな乳房、張り出しの見事な腰の線を忠実に浮き上がらせている。風になびく長い黒髪が、漆黒のワンピースと相俟《あいま》って、女の肌の白さを強調する。

今日も黄泉呼は白衣に紫色の袴姿だろうと予想していた僕は、それが黄泉呼だと気づくまでしばらく時間がかかった。

「文乃さんから連絡をもらって、お待ちしてました」

「よ、黄泉呼さん、その格好は？」

「今日は祈祷の予約は入っていないので、慎太郎さんのほかには誰も訪ねて来ないわ。だから、慎太郎さんを私の家にお招きしようと思って、何年かぶりにこんな洋服を着てみたの。変かしら？」

「いや、ちっとも変じゃありません。変じゃないどころか、すごくよく似合ってます。女優さんが立っているのかとおもいました」

「うふっ！　慎太郎さんにそう言ってもらえると、お世辞でもうれしいわ」

嘘やお世辞ではなく、本当に黄泉呼にそっくりな元タカラジェンヌの女優が立っていると思ったのだ。

「どうぞ、こちらへ」

黄泉呼が腕を組んできて、参道から脇にそれた細道にいざなう。五分ほど歩くと、その道の先に、深い木々に囲まれた平屋建てのログハウスが現れた。

「あれが……黄泉呼さんの家ですか？」

「そうよ。まさか慎太郎さん、私があの古い拝殿か本殿の洞窟の中で暮らしてると思っていたの？」

黄泉呼は僕を、天窓からの陽射しが燦々と降り注ぐリビングに招き入れた。壁も床も淡い色の無垢《むく》材が張られ、正面は床から天井まで全面ガラス張りのサッシ窓となっている。その外にはウッドデッキが設置され、鎮守の森の木々の合間から陽光きらめく東シナ海を望む。向かって左側にアイランドキッチンがあり、右側の壁には特大のテレビがかけてある。その脇にある扉の向こうがベッドルームだろう。

それにしても、沖縄の秘境の島に住む卑弥呼の末裔が、軽井沢《かるいざわ》か伊豆などの高級別荘地にありそうなモダンなログハウスで暮らしているとは……。まあ、考えてみれば、シルクのワンピースをこれだけ見事に着こなす美女には、お似合いの住まいと言える。

「以前に祈祷して差し上げた那覇の建設会社の社長さんが、お礼にとタダで建てて寄進してくださったの。私のお告げの通りにしたら、大きな工事の注文が次々と舞い込んできたんですって。お礼にノユリゴケで眠らせて、勃起ペニスをたっぷりとシゴいてあげたわ」

リビングの中央には毛足の長いライトブルーの絨毯が敷かれ、その上に白い革製ソファーが置かれている。黄泉呼はそこに僕を座らせ、無言のままワンピースの肩紐を両肩からはずす。

「慎太郎さんが来るって聞いてから、お尻の穴がうずいて仕方なかったわ」

ただの布切れと化したワンピースが足元にハラリと落ちると、一糸まとわぬ熟れた裸身が現れ、天窓からの陽光が純白の肌でハレーションを起こす。全面ガラス張りの窓を背景に立つその姿は、美の化身のビーナスが神社の鎮守の森に舞い降りたようだ。

シルクのワンピースにログハウス、そして西洋名画のような光輝く裸身……黄泉呼の意外な一面を次々と見せられて、黄泉呼に会いに来た目的を危く忘れるところだった。

「よ、黄泉呼さん、その前に……今日は黄泉呼さんにお願いがあってやって来たんです」

「なあに？　私にできることなら……」

「黄泉呼さんにしか頼めません。ノユリゴケを少し分けてほしいんです」

黄泉呼は首を傾げて何やら考えていたが、その顔がパッと明るくなった。

「分かったたっ！　同じ宿に泊っている長谷川恭子さんに使うのね？」

「ど、どうして……分かったんですか？」

「だって慎太郎さんは、長谷川先生がなぜリゾート開発に反対なのかを知りたくて、後を追って野遊里島に来たんでしょ？　文乃さんから聞いたわ」

「ええ、まあ……」

「それで、明日は月野遊びの日だわ。慎太郎さんは長谷川先生にこのコケの煙を嗅がせて、野遊びしようとしてるって……すぐに分かるわよ」

そこまで読まれていれば、隠しだては無用だ。

「その通りです。駄目ですかね……ノユリゴケを分けてもらうの」

「いいわよ。私、慎太郎さんに協力するわ。私だって本当は、長谷川先生が反対する理由を知りたいもの」

黄泉呼にそう言われて、名案がひらめいた。僕の作戦では、ノユリゴケの催淫効果で長谷川恭子をその気にさせ、イカせまくってリゾート開発に反対する理由を聞き出すつもりだが、その場所がネックだった。さすがに大勢がいる民宿や見晴らしのいいビーチでは無理だ。

「黄泉呼さん、明日、長谷川先生をここに連れて来るので、先生を責めるのに亀ノ大頭神社の岩屋を使わせてもらうことはできないでしょうか？」

ダメ元で頼むと、黄泉呼は二つ返事でOKしてくれた。

「私も一緒に長谷川先生を責めてもいいでしょ？　前から一度、御神体のおタニ様で先生をイカせてみたかったの」

僕も二つ返事でOKすると、黄泉呼はキッチンの引き出しから小さな麻袋を取り出し、渡してくれた。

「祈祷一回分のノユリゴケよ。昨日、ウッドデッキで天日干しして乾燥させたばかりだから、よく効くはずよ。作戦の成功を祈って、慎太郎さんのおタニ様を私のアナルでお祓《はら》いさせて……」

黄泉呼は僕の手を取ってソファーから立たせると、入れ替わりに座面に膝立ちし、背もたれに上体を預ける。

「さあ、お願いよ」

黄泉呼は自ら尻山に両手をかけて割り開き、その美しい横顔に催促の笑顔を浮かべる。僕は迷うことなく、純白の尻山の谷間に顔を埋めた。

古代の女王の紋章のような赤珊瑚色の肛門の窄まりを舐め、窄まりが外側にめくれるほど強く吸引した。それを十五分ほど続けると、緻密で刻みの深いシワが放射状に並ぶ窄まりが、プランクトンを捕食する珊瑚のように嬉々として弛緩と収縮を繰り返す。本人に続いて排泄器官も催促しているのだ。

だが、それを無視して、蜜液をしたたらせる膣穴に勃起ペニスを挿入する。それから十五分にわたって膣洞と子宮口を責め立て、イキ潮を噴かせた後、お待ちかねの肛門の窄まりで勃起ペニスを抜き挿ししてやる。

「な、なんてことをっ！　前と後ろを続けざまに……やっぱり、慎太郎さん、すごいっ！　すごすぎるわっ！」

と言われても、僕だって膣穴での射精は辛うじて堪えたが、黄泉呼の肛門括約筋のきつい締めつけと直腸粘膜の絞り上げに長く耐えられるものではない。脂汗を垂らしながら抜き挿しを十分ほど続けると、二人ほとんど同時に断末魔を迎えた。

「イクっ！　礼子、慎太郎さんのおタニ様で……イキますっ！　イクッ！　イクッ！　イクゥゥゥゥッ！」

この日二度目の黄泉呼のイキ潮噴射を見て、僕も我慢を解いた。

「ぼ、僕も、イクッ！　黄泉呼さんの尻穴で……イクッ！」

最後の一滴まで吐精して萎えたペニスを黄泉呼の肛門から引き抜き、ノユリゴケが詰まった小さな麻袋を手にログハウスを後にした。

リビングの扉を閉めるときに振り返ると、黄泉呼は二度のイキ潮にまみれたソファーの上で、アナル絶頂の余韻に身悶えを続けていた。亀ノ大頭神社の霊験あらたかなら、これだけたっぷりとお祓いしてもらったからには、きっとうまくいくに違いない。

民宿「やましろ」に戻ったときには、文乃さんが言った通り、正午を大きく回っていた。

「お疲れさま。お腹すいたでしょ？　ソーキそばを作ってあげるわね」

「ありがとうございます。本当に腹ペコです」

「黄泉呼さんもタニ遣いが荒いからね」

文乃さんも他人のことは言えないと思ったが、黙っていた。

「それから、長谷川先生には今夜から私の部屋で、一緒に寝てもらいます」

長谷川恭子にどうやってノユリゴケの煙を嗅がせるか、思案に暮れていただけに、願ってもない朗報だ。

「でも、どうしてですか？」

「隣の部屋で寝てる男子学生が、四人が四人ともいびきがひどいんですって」

四人は泡盛で酔った挙げ句、長谷川恭子の生太ももと生乳房をオカズにオナニーをして、高いびきだったのだろう。心の中で、四人の男子学生に感謝した。

僕も軽い花粉症で、杉花粉が飛散する季節には鼻が詰まっていびきをかいてしまう。文乃さん手作りのソーキそばを食べながら、第二次世界大戦後のイギリスで牧草の花粉症が流行した際、鼻の奥にワセリンを塗って花粉症を治したという話を思い出した。

「そうだ、文乃さん、ワセリンはありますか？」

「真っ昼間から何を言い出すかと思ったら……私なら、ワセリンなんかはいらないわよ」

文乃さんは何を勘違いしたのか、ソーキそばを平らげた僕の脇に立つと、僕に向かって尻山を突き出し、ゆったりとした麻のワンピースの裾をからげる。

「ち、違いますよ。夜になったら、僕と文乃さんに必要になります」

「私は……今でもいいのよ」

搗《つ》き立ての餅のような尻山を剥き出しにし、パンティーまで下ろそうとしている。

「違いますってばっ！　二人の鼻の穴に塗るんですっ！」

「ええっ？　は、鼻の穴？　お尻の穴じゃなくて？」

初めて亀ノ大頭神社を訪れたとき、風邪気味で鼻が詰まっていたためノユリゴケの煙を吸わずに済み、黄泉呼を出し抜くことができた。今度は鼻の奥にワセリンを塗って、ノユリゴケの催眠、催淫成分が鼻粘膜から吸収されるのを防ごうというわけだ。効果のほどは分からないが、試してみる価値はある。

その夜、またも泡盛を飲みながらの夕食が終わり、長谷川恭子がシャワーを浴びている間に、文乃さんの部屋でノユリゴケを焚いた。隣の部屋で鼻の穴にワセリンをたっぷりと塗って待っていると、恭子は文乃さんの部屋に敷かれた布団に横になり、フィールドワークの疲れと泡盛の酔い、それにノユリゴケの催眠効果で、すぐに眠りに落ちた。

それから一時間半後、後片付けと翌日の朝食の仕度を終えた文乃さんが、僕の部屋を訪れる。文乃さんにも鼻の穴にワセリンを塗ってもらい、隣り合った二つの部屋の間の扉をわずかに開けて抱き合った。ノユリゴケの催眠効果はおよそ二時間というから、今のところは計画通りだ。

ワセリンが功を奏したのだろう。僕も文乃さんも眠りに落ちることはなく、それから一時間近くにわたって文乃さんの生殖器官と、第二の生殖器官と化した排泄器官を堪能して射精した。時計を見ると、真夜中の十二時を過ぎたところだった。薄目を開けて二つの部屋の間の扉を窺うと、その隙間に恭子の顔があった。ノユリゴケの催眠効果が切れたところに、文乃さんのあられもない喘ぎ声を聞き、目を覚ましたに違いない。

その後、僕も文乃さんもそれぞれの布団で朝までぐっすり眠ったが、恭子はノユリゴケの催淫効果で性感を刺激された上に、僕と文乃さんの激しい情交を見せつけられ、朝まで眠れずに悶々としていたらしい。朝食の際に向かいに座った恭子は、目の下に隈ができた顔で僕を睨んだ。その目には、不眠の原因を作った男に対する恨みと、図らずも募らせてしまった性的な欲求を満たして欲しいという願望が表れている。

「岡崎さん、今日はフィールドワークはお休みなんです。それで、みんなで海水浴に行くんですよ」

突然、女子学生の一人が話しかけてきた。

「岡崎さんもご一緒にいかがですか？　ねえ、先生、いいでしょ？」

もう一人の女子学生が続く。男子学生たちは露骨に迷惑そうな表情を見せた。自分たちのオナペットである長谷川恭子の生水着姿を、よそ者の男に見せるのが嫌なのだろう。料簡《りょうけん》の狭いやつらだ。

「えっ？　ええ、まあ、岡崎さんさえよろしければ……」

恭子の歯切れが悪いのは、昨夜の記憶が生々しく甦ったせいだろう。

「岡崎さん、海水パンツがないのなら、以前に泊まっていったお客さんの忘れ物でよければ使っていいわよ」

文乃さんも協力してくれた。

「じゃあ、お言葉に甘えて、ご一緒させてもらおうかな。長谷川先生、よろしくお願いします」

長谷川恭子たち一行は部屋に引き揚げて水着に着替え、手に手にクーラーボックスやシートを持って出発した。恭子はザックリとした白いワンピースを着ており、残念ながら、その下にどんな水着を着ているのか分からなかった。

僕は部屋に戻り、文乃さんから渡された海水パンツを穿いて見ると、ペニスの形がクッキリと浮かび上がるブーメランパンツだった。陰毛を何とか布地の中に押し込んで部屋を出ると、文乃さんが待ち構えていた。

「まあっ！　モッコリさせちゃって、普段より大きく見えるわね」

「イギリスのテレビドラマで見たけど、向こうではこんなパンツを『オウム隠し』と呼ぶそうです」

「そのオウムを見た恭子先生が、どんな顔をするか見てみたいわ」

バスタオルを肩にかけて玄関を出ようとしたとき、文乃さんが「これを持って行って」と言って二脚のデッキチェアを持たせてくれた。木枠に帆布を張った折り畳み式だ。

民宿「やましろ」の裏手から、林の中のつづら折りの小径《こみち》を下って行ったところに、周囲を崖に囲まれたサッカーコート一面ほどの広さの白砂のビーチがある。まるで宿泊客専用のプライベートビーチだ。

ビーチに出ると、波打ち際ではしゃぐ教え子たちを見守るように、少し離れた白砂の上に立つ長谷川恭子の後ろ姿が見えた。泰西名画《たいせいめいが》の画家が美の化身ビーナスの後ろ姿を描くとこうなるだろうと思われるほど、見事な曲線美だ。

背中の半ばまで緩くウェーブがかかった黒髪に覆われ、くびれたウエストから急カーブを描いて張り出した腰、プリンと盛り上がった尻山からスラリと伸びる太もも、海面に反射する逆光で見えなくなりそうなほど細く引き締まったふくらはぎ……それらに見とれていたが、何かおかしいと気づいた。尻山を覆っているはずの布地が見えないのだ。まさか何も身に着けていないのかと思った瞬間、ブーメランパンツの中のオウムがググッと背筋を伸ばす。

十メートルほどの距離に近づいたところで、腰骨の両サイドで蝶結びされた白い横紐と、その真ん中から垂れる縦紐が見えてきた。縦紐の端は尻山の谷間に埋もれて消えている。有名な名画「ビーナスの誕生」のように全裸ではないが、水着のボトムはTバックだ。

フロントやブラジャーはどうなっているのか、はやる気持ちを抑えてゆっくりと歩き、長谷川恭子に声をかける。

「お邪魔してよろしいですか？」

その声に恭子が上半身をひねって振り向くと、紐でつながった極小の布地が辛うじて乳首と乳輪だけを覆っている乳房がブルンと触れる。

「どうぞ。構いませんわ」

視線を落とした長谷川恭子は、僕のブーメランパンツの膨らみを目ざとく見つけ、驚きの表情を見せた。僕は僕で、完全にこちらを向いた恭子のボトムから目が離せなくなった。そこには、陰核包皮と陰裂に今にも食い込んでしまいそうな細布が、紐で吊るされて貼りついているだけだった。学生たちが言っていた通り、ほとんど紐だけでできたビキニだ。

産毛一本生えていない恥丘も、ほとんど色素沈着のない大陰唇も、陰裂の際まで剥き出しだ。両の太ももの付け根の内側と大陰唇の境目に刻まれたシワもクッキリと見えている。長谷川恭子の場合、露出趣味なんて生やさしいものじゃなく、本物の露出狂というべきだろう。

僕はやっとの思いで長谷川恭子の股間から視線を引き剥がし、クーラーバッグやバスケットなどが置かれたビーチシートの横に、二脚のデッキチェアをセットした。

「女将さんがデッキチェアを貸してくれました。こちらに座りませんか？」

「ありがとう」

「よくお似合いですが、それにしても、大胆な水着ですね」

「あら、私が留学していたフランスでは、これぐらい普通でしたわ」

恭子はデッキチェアの端に腰かけ、バスケットからボトルを取り出し、日焼け止めクリームを腕や身体の前面に塗っていく。

「背中に塗ってくださるかしら。自分では手が届かないわ」

小首を傾げてニッコリと微笑む全裸に近い美熟女の頼みを断ることができる男は、まずいないだろう。

「分かりました。私でよければ……」

僕がボトルを受け取ると、恭子は斜めに座り直して背を向け、長い黒髪を両手でかき上げる。染み一つない純白の背中が、数本の後れ毛が垂れたうなじから尻山の割れ目の上まで、無防備に晒される。おまけに、両腕を高々と挙げているため、毛穴一つ見えない純白の腋窩まで目に飛び込んできた。ブーメランパンツの中で、背筋を目いっぱい伸ばしているオウムが暴れそうになる。

両手のひらにたっぷりと取ったクリームを、長谷川恭子の染み一つない背中に塗り伸ばしていく。両手で円を描くように回し、首筋から肩甲骨の周りと塗り終え、ブラジャーの後ろの紐の結び目を解かないように注意しながら、背骨に沿って下っていく。もう少しで盛り上がりの豊かな尻山に到達するところで、デッキチェアの背もたれを倒してフラットにした。

「長谷川先生……う、うつ伏せになってください」

これから行おうとしていることを考えて、思わず声が震えた。それを知ってか知らずか、長谷川恭子は素直に応じる。

梅雨明けした南国の太陽が照りつけるビーチで、眼下には、肩甲骨の下と尻山の中ほどに横紐がかかり、尻山にかかる横紐に結ばれ尻山の谷間に消える縦紐が垂れるだけの純白の裸身が横たわる。額に汗がにじみ、喉がカラカラに渇いている。波音も、学生たちのはしゃぐ声も聞こえない。全身の血液が、ドクドクと音を立ててペニスの海綿体に流入する。

「では……続けます」

長谷川恭子は黙ったまま、目を閉じている。了解したというサインだ。搗きたての餅のような尻山にクリームを直接垂らし、両手の平で伸ばしていく。

なんという柔らかさだっ！　手のひらが吸いつくように肌理細かく、しっとりとした肌だ。背中も同様にスベスベだったが、マシュマロのような尻山の柔らかさは格別だ。

「はうっ！　そんなに強くお尻を揉まれたら……」

無意識のうちに指先に力が入り、尻肉を強くつかんでしまった。

「も、申し訳ありませんっ！　痛かったですか？」

「痛くはないけど……それよりもお尻の谷間にも塗っていただけますか？　そこだけ日焼けするのもカッコ悪いので……」

ええっ！　本当にそんなところまで触っていいのかっ！　長谷川恭子の性感神経に、昨夜のノユリゴケの催淫効果が残っているのか？　それとも、単に背中と尻山を愛撫され、熟れた肉体が感じてしまったのか？　いずれにせよ、今の長谷川恭子の身体の中で、淫蕩の血がたぎり始めているのは間違いない。

右手で尻山の谷間に食い込んでいる細布をそっと引き出すと、左手に持ったボトルを傾けてクリームを垂らし、右手の中指と薬指を真っ直ぐに揃えて谷間の奥底に塗り込んでいく。

当然ながら、指先は肛門の窄まりから会陰、小陰唇までも触れてしまう。これでは、遮《さえぎ》る物のない炎天下のビーチで熟れた媚肉を愛撫しているのと同じではないかっ！　それでも、長谷川恭子は拒絶することなく、時折り細かく身を悶えさせるばかりだ。ブーメランパンツの中のオウムは、もういつでも飛び立てる状態になっている。僕は我を忘れ、右手の二本指を何度も尻山の谷間を往復させる。

ついに、長谷川恭子が小さく悲鳴を上げた。

「あああんっ！　そ、そこをそんな風に触られると……気持ちよすぎて、おかしな気分になってしまいそうだわ……そこはもういいから、太ももから下の方もお願い」

長谷川恭子は鼻にかかった声でそう言うと、両脚をわずかに開く。紐状によれた股布が、無毛の陰裂に深々と食い込んでいるのが確認できた。大陰唇にも小陰唇にも色素沈着はほとんど見られないが、一帯は日焼け止めクリームとは明らかに異なる液体でしとどに濡れ、それと分かる発情臭を立ち昇らせている。

言われた通り、ほどよい筋肉と脂肪をまとった太もも、引き締まったふくらはぎ、折れそうに細い足首、形のよい小さな踵《かかと》にクリームを塗った後、足を持ち上げ、真っ赤なペディキュアが施された足指の股の一つ一つにもクリームを揉み込むように塗っていく。

「そ、そんなところまで……でも！　そこも気持ちいいわ。岡崎さん、愛撫が……いえ、日焼け止めを塗るのが上手ね」

ちょうどそこに学生たちが戻ってきた。僕は慌てて肩にかけていたバスタオルを腰に巻いた。ブーメランパンツの膨らみを隠すためだ。恭子も起き上がり、腰にバスタオルを置いた。さすがに超のつく露出狂の恭子でも、教え子に水着の股布を食い込ませた陰裂を見せるわけにはいかないのだろう。

「先生は泳がないんですか？」

「海に入ると気持ちいいですよ」

男子学生たちが口々に恭子に誘いの声をかける。僕から恭子を引き離そうという意図がみえみえだ。

「岡崎さんも一緒に泳ぎましょうよ」

最初に僕を海水浴に誘った女子学生だ。かなりの美人でスタイルもいいが、残念ながら、熟女フェチの僕には若すぎる。

「うーん、僕も泳ぎたいのはやまやまだけど、用事を思い出したんだ」

「ええっ、用事って何ですか？」

「これから亀ノ大頭神社の宮司さんに会いに行かなきゃならないんだ」

「亀ノ大頭神社の宮司って、黄泉呼さんのこと？」

長谷川恭子が唐突に割って入ってきた。

「ええ、そうですけど……」

「よ、黄泉呼さんに何の用事が？」

「黄泉呼さんがなぜリゾート開発に反対しているのか、その理由をこれから聞きに行くんです」

恭子の顔色がサッと変わった。

「な、な、何ですってっ！　ど、どうしてそんなことをする必要があるの？」

「僕の仕事の一環で、今回はそのために野遊里島にやって来たんです」

「あなた……もしかしたら高木不動産の回し者なのね？」

「回し者とはひどいですね。僕は高木不動産のれっきとした社員ですよ」

恭子が跳ね上がるように立ち上がったとき、学生たちは二重に驚いた。一つはもちろん恭子の派手な慌てように。もう一つは立ち上がった拍子に腰からバスタオルが落ち、水着の股布を食い込ませた無毛の陰裂が露わになったためだ。

「せ、先生っ！　その格好はっ！」

だが、長谷川恭子は学生たちの声が耳に入らない様子だ。

「す、素性を隠して……私を、だ、だましたのねっ！」

「だましただなんて、人聞きが悪い。長谷川先生からも誰からも聞かれなかったから言わなかっただけで、隠していたわけでありませんよ」

「わ、私も一緒に行きます。私も、黄泉呼さんにお話があるんだったわ。岡崎さん、私も連れて行ってください」

長谷川恭子は、僕がすでに黄泉呼から反対の理由を聞いていることを知らず、僕に同行して何とか黄泉呼に口止めしようと焦っているのだ。長谷川恭子を亀ノ大頭神社に誘き寄せることに、まんまと成功した。

学生一同から落胆の声や、僕に対するブーイングが一斉に上がった。だが、恭子は露ほども意に介さず、自分の荷物をまとめる。

「皆さん、あまり沖の方まで行かないように。それと、お昼までには民宿に戻って、午後は昨日までの成果をレポートにまとめるように。いいですね」

恭子はそう言い残すと、小径に向かってスタスタと歩き始めた。僕の方が後を追う形だ。改めて、恭子の慌てぶりが分かるというものだ。

二人で民宿に戻って着替え、文乃さんから借りた軽トラで出かけた。

助手席に座った恭子は、ほとんど紐だけの水着の上に、一昨日の夕食のときと同じタンクトップタイプの超ミニワンピースを着ている。置いていかれるのを恐れて急いだのだ。

両腕や肩はもちろん、青白い血管が透けて見えるたわわな乳房の大部分と、スラリと伸びた太ももの付け根近くまで露わだ。美熟女のゴージャスな姿態と軽トラのギャップが、長谷川恭子の艶めかしさを際立たせる。

車中では、二人は無言だった。そして、亀ノ大頭神社の参道入り口に到着するや、恭子は車を降りて一人で参道を急ぐ。僕は車を駐車場に停めて後を追うが、日ごろフィールドワークで山歩きに慣れているせいか、参道の坂道をものともせずに登っていく恭子になかなか追いつけない。

しかし、考えてみれば、黄泉呼は協力を約束してくれているので、先に着いた恭子を適当にあしらってくれるだろう。急いで追いつく必要はない。一定の距離を置き、水着の股布を食い込ませている恭子の生尻を見上げながら歩いて行く。

前傾姿勢のため後ろに突き出され、左右に大きく揺れる尻山は、まるで僕を誘っているようだ。

境内に立つと、白衣に紫色の袴姿の黄泉呼が、長谷川恭子をなだめすかしながら、拝殿の裏手にある岩屋に連れ込むところだった。岩屋の中では、盛大にノユリゴケが焚かれていることだろう。拝殿の方まで煙が流れ出ている。僕は忘れずに持ってきたワセリンを鼻の中にたっぷりと塗り、そっと岩屋の入り口に近づいた。

恭子は緋色のシーツを敷いた特大の寝台の端に腰かけ、黄泉呼がその左側に座って話しかけている。

「大丈夫です、恭子さん。私がついているから、安心して任せてちょうだい」

「ノ、ノユリゴケの煙が充満してるわ。どうしてなの？」

「それはね、いつもお世話になっている恭子先生を気持ちよくさせてあげようと思って……」

「気持ちよくって？」

「こうするんですよ」

黄泉呼は恭子に覆いかぶさるように唇を重ね、寝台の上に押し倒した。片や元タカラジェンヌの女優にそっくりな日本的美熟女、片やかつてのハリウッド女優にも似た北欧風美熟女——タイプこそ違えど、いずれ劣らぬ超美熟女同士のレズプレーだ。物陰から見とれつつ、ペニスの海綿体に血液がドクドクと音を立てて流入する。

「どう？　私、ずっと前から恭子先生とこういう仲になりたかったの。恭子先生はお嫌かしら？」

鼻にワセリンを塗った僕のペニスの勃起にノユリゴケは関係ないが、恭子には早くもノユリゴケの催眠と催淫の効果が現れたらしい。いつもはキリッとした知的な目をトロンとさせ、呆けたように全身を脱力させている。

「い、嫌だなんて……」

「そう、それならうれしいわ」

さらに熱烈な口づけを見舞ってくる黄泉呼を押し止め、恭子ははかない最後の抵抗を試みる。

「で、でも、今は駄目っ！　もうすぐ高木不動産の岡崎って男が、ノユリゴケの秘密を探りにやって来るわ。何とかしなくては……」

「慎太郎さんなら、ノユリゴケのことはよく知ってるわ。祈祷の秘密を見破られて……私、全部白状しちゃったの」

「し、慎太郎さんだなんて……あなたたち、そんな仲だったの？」

「ええ、そうよ。慎太郎さんには、私の名前通りに黄泉の国に行っちゃうかと思うほど何度もお潮を噴かされて……それで、私、菜々緒さんにリゾート反対のお告げがあったと伝えたのは、恭子先生からそうしろと言われたからだって教えてあげたのよ」

「そ、そんなことまで？　でも、あの男、そんなことは言わなかったわ」

ことここに至って長谷川恭子はようやく真相に気づき、祈祷でもないのに岩屋でノユリゴケが焚かれている理由に合点がいったようだ。

「そうだったのねっ！　あ、あなたたちグルなんだわっ！　ノ、ノユリゴケの煙で私をどうにかしようというのね？」

「グルだなんて、人聞きが悪いですわ。私たち、協力し合って、恭子先生を気持ちよくさせてあげようとしているだけよ」

黄泉呼は恭子のワンピースの肩紐を外し、たわわな乳房を露わにする。乳首と乳輪を覆っているだけの極小水着のブラジャーが、黄泉呼の手で容赦なくむしり取られ、プリンのように柔らかい乳房の頂点にある乳首が現れた。

乳首は濃い紫色で、形や大きさも乾燥させたプルーンの実のようだ。肌の色が北欧系ハーフのように真っ白いだけに、どぎつい色や大きさが際立つ。高貴な外見とは裏腹な内面の淫蕩さを物語っている。

黄泉呼は両の乳房を下から絞り上げるようにつかむと、左右の乳首を交互に口に含み、舌先で転がすように舐めたり、歯列で甘噛みしたりする。

「ああっ！　わ、私に……何をしようというの？」

ビーチではうつ伏せになって僕の指を尻山の狭間に導き入れ、肛門の窄まりから会陰、小陰唇の内側までをたっぷりと愛撫された。今度は黄泉呼に乳房を揉みしだかれ、乳首を嬲られている。同性の巧みな愛撫に加え、岩屋にもうもうと立ち込めるノユリゴケの煙の催淫成分も、恭子の性感神経をいたく刺激しているに違いない。

恭子は緋色のシーツの上で、豊満な白蛇のように身体を悶えさせ始めた。すると、黄泉呼は腰の辺りにまとわりついているだけのワンピースを剥ぎ取り、ボトムのサイドの紐の結び目を解く。陰裂に深々と食い込んだ股布を引っ張り出し、ワンピースやブラジャーと一緒に傍らの岩の上に無造作に投げ捨てた。恭子はあっという間に一糸まとわぬ全裸に剥かれてしまった。

「私も慎太郎さんも、あることを知りたいだけよ」

黄泉呼は恭子の左脚に自らの両脚を絡めると、恭子の右脚を寝台の幅いっぱいに押し広げ、無毛の陰裂に左手の指を忍び込ませる。

「はうっ！　あ、あることって？」

黄泉呼はその問いには答えず、恭子の陰裂で指を激しく蠢かせる。恭子に気づかれないように、寝台の足元からそっと近づいていくと、黄泉呼が恭子の小陰唇に押しつけた人差し指と中指、薬指の三本の指の腹で小さな円を描くように猛スピードで回転させ、内側の粘膜を摩擦しているのが見えた。

「あ、ああんっ！　き、気持ちよすぎるっ！」

恭子はもはや抵抗をすることを放棄し、黄泉呼の愛撫に身をゆだねる。背中を反らして持ち上げた腰を、上下左右に振り回している。

「そ、そんなに激しくされたら、私……」

恭子が絶頂への急坂を登り始めたと見るや、黄泉呼は恭子の股間から左手を引き揚げてしまった。恭子の腰は持ち上げられたまま、愛撫の続きを求めて震えている。

「ああんっ！　ど、どうして？　もう少しだったのに……」

「もう少しって、恭子先生、一人でイクつもりだったんですか？　私だって先生に気持ちよくしてもらいたいのに」

黄泉呼は素早く白衣と袴を脱ぎ捨て、恭子の顔を後ろ向きに跨いだ。黄泉呼は準備よろしく、最初から下着を着けていたかったのだ。

「恭子先生はお口で……私を気持ちよくしてくださいね」

黄泉呼は返事を待たずに腰を下ろし、恭子の顔面に尻山で騎乗した。恭子は「うぐっ」小さく呻いたが、黄泉呼はそのまま恭子の顔に全体重をのせ、尻山を大きくグラインドさせる。

「恭子先生の顔、ハーフみたいに鼻が高いから、オマ×コの奥まで届いて……はうっ、気持ちいいわっ！」

恭子の美しい顔面でひとしきり快感を貪った黄泉呼は、腰を前後にしゃくる動きに切り替え、上体を前傾させて左手をシーツに突いた。右手には枕の下に隠していた白珊瑚製の極太ディルドが握られている。黄泉呼が前傾したことで、恭子の顔面にピタリと押しつけられていた尻山がわずかに浮き、窒息死しそうだった恭子は大きく深呼吸をすることができた。

「恭子先生、一緒にイキましょうね。先生は、この亀ノ大頭神社の御神体のおタニ様でイカせて差し上げますわ」

黄泉呼はディルドの胴部分の根元を逆手に握ると、大栗のような亀頭部を恭子の膣穴に無造作に押し込む。

「はあああんっ！　そんなに大きなディルドを入れられたら……こ、壊れちゃうわっ！」

「大丈夫です。恭子先生のオマ×コ、お汁でグチョグチョだから……今度は奥まで入れますよ」

黄泉呼はもう一度、尻山を恭子の顔にのせ、ズズズズイッとばかりにディルドを膣穴に突き入れた。

「うぐうううっ！」

長谷川恭子は黄泉呼の尻山の下で、声にならない呻き声を上げる。だが、尻山で顔を圧迫され、極太ディルドで膣穴を深々と串刺しされた恭子は、身動きが取れない。恭子の動きを封じた黄泉呼が、僕に目配せする。僕は全裸になって寝台に上がり、V字に開いた恭子の脚の間に入った。

恭子の膣穴に埋まった極太ディルドを黄泉呼の手から受け取り、右手に握ってゆっくりと抜き挿しする。恭子の小陰唇は、色素沈着が少なく、ほころびも小さい。淫蕩の相を見せる乳首とは対照的に、慎ましやかで、あまり使い込まれていないように見える。

黄泉呼は左手の人差し指と中指で、恭子の陰核包皮を割り開いた。すると、土を割って姿を見せた筍のように、すっくと屹立するクリトリスが現れ出る。

「まあ、クリトリスは乳首と同じで、とっても大きくて、くすんだ紫色をしているわ。オマ×コは上品に見えるけど、クリちゃんは淫乱そうね」

黄泉呼は僕と同じ感想を漏らすと、根まで剥き出したクリトリスを右手の親指と人差し指、中指の三本の指でつまみ、ひねるように摩擦する。

「うぐっ！　うぐっ！　うぐうううううっ！」

極太ディルドのストロークのテンポも早めてやると、恭子は腰をせり上げ、太ももをブルブルと細かく痙攣させる。絶頂が近いのだ。

僕は極太ディルドを引き抜き、黄泉呼もクリトリスから手を離す。すると、恭子はディルドの挿入を催促するように、なおも腰を高く浮かせたまま蠢かせ、自らの手をクリトリスに伸ばそうとする。その手を黄泉呼が遮ると、恭子の呻き声が悲し気なものに変わり、腰をシーツの上に落とす。

黄泉呼は尻をわずかに持ち上げて恭子に呼吸させてやり、クリトリス嬲りを再開した。僕も再びディルドを膣穴に挿入し、ゆっくりと抜き挿しする。

絶頂寸前に追い込んでは責めを中断することを数回も繰り返すと、長谷川恭子はグッタリと伸びてしまった。だが、極太ディルドを抜いた後の小陰唇は別の生き物のようにヒクつき、膣穴から蜜液をあふれさせる。黄泉呼が顔騎した尻を浮かせると、恭子は大きく深呼吸をし、息を吹き返した。

「お、岡崎さん、ディルドを操っているのはあなたね？　そうでしょ？　途中から気がついていたわ」

「はい、岡崎です」

「ここまで追い込まれたら、私も負けを認めるわ。岡崎さん、黄泉呼さん、あなたたちの望みは何なの？」

黄泉呼が恭子の顔面騎乗から降り、再び恭子に添い寝して答える。

「私は、恭子先生がリゾート開発に反対している理由を知りたいんです……野遊里島の住人の一人として」

「僕は、高木不動産の社員の一人として、その理由を知りたい。それと、今日は月野遊びの日ですから、恭子先生と野遊びしたい」

「野遊びを……私と？」

長年、野遊里島でフィールドワークをしてきた長谷川恭子は、やはり島に伝わる野遊びの風習を知っていた。

「ええ、そうです。できれば……先生のお尻の穴で」

「お、お尻の穴？　あなた……アナルセックスをしたいってこと？」

「ええ、そうです。恭子先生、アナルセックスの経験は？」

「な、ないわ、排泄器官で男の人と交わるなんて……」

黄泉呼が恭子に口づけをしながら、年上の恭子を諭すように話しかける。

「私も慎太郎さんに、アナルセックスの気持ちよさを教えてもらったんです。お尻の穴を慎太郎さんのチ×ポで責められながら、おタニ様でホーミーをズコズコするのって……この世にこんなに気持ちのいいことがあるのかって感じなの。私、一発でアナルセックスと二穴責めの虜になっちゃいました」

長谷川恭子は潤んだ眼で僕を見上げ、恐る恐る尋ねる。

「でも、岡崎さんのオチ×チン、海水パンツの中でとっても大きく膨らんでいたわ。本当に……お、お尻の穴に入るの？」

「もちろんです。試してみれば分かります。黄泉呼さんをはじめ、私とアナルセックスした女性で、お尻の穴が傷ついた方は一人もいません」

アナル破瓜の恐怖よりも、未知の二穴責めの快感への興味が勝ったようだ。

「そ、それだったら……いいかも」

「じゃあ、私が言った通りに気持ちよかったら、リゾート開発に反対の理由を教えてもらえますね」

「い、いいわ……約束するわ。だから、今度こそ、イカせてね」

僕は長谷川恭子の腰を大きく持ち上げて、マングリ返しのポーズを取らせた。岩屋の天上の穴から射し込む陽光が真上に向けられた肛門の窄まりを明るく照らし出した。

長谷川恭子の肛門の窄まりは、乳首やクリトリスと同じようにくすんだ紫色を帯びている。だが、それ以上に際立った特徴は、窄まりが盛り上がりを見せているることだ。放射状に並んだシワの一本一本が競い合うように中心に向かって盛り上がり、小さなドームを形作っている。

「では、まずは肛門の味見から……」

肛門のドームにスッポリと唇をかぶせ、すぐ上で満開に咲いた小陰唇から伝わり落ちてくる蜜液を、舌先で肛門ドームのシワに塗り込んでいく。蜜液は磯の香りのような濃い淫臭を放ち、舌先をピリリと刺激する。

しばらく舐め続けると、肛門ドームに深く刻まれたシワが、かすかに開いたり閉じたりを繰り返すようになった。シワの一本一本の動きは微細だが、数十本のシワの動きが合わさり、ドーム全体で舌を取り込もうとする。

「うーん、長谷川先生の肛門、とってもおいしいけど、磯の香りが強くて、刻みの深いシワを一斉に蠢かせる様子は、まるで小魚を捉えようとするイソギンチャクみたいです」

長谷川恭子は目蓋をピクリと震わせただけで、じっとしている。初めての二穴責めを受ける覚悟を固めているのだ。

僕は黄泉呼に目配せして、まずは黄泉呼に恭子の膣穴を責めさせる。恭子を絶頂の途中まで押し上げておいて、アナル処女をいただくのだ。

「恭子先生、今度は私が、卑弥呼伝来の御神体、おタニ様でホーミーをズコズコしてあげます」

黄泉呼はマングリ返しをさせられた恭子の枕元で胡坐をかき、恭子の頭を抱えて胡坐の中に恭子の頭を入れると、左手に持った白珊瑚ディルドを膣口に押し当てる。僕のアナル舐めで性感を昂らせた恭子は、目を半眼に開いて黄泉呼が極太ディルドを挿入するのを待ち構えている。

黄泉呼は極太の白珊瑚ディルドを恭子の膣穴にズイッと挿入した。そして、リズミカルに抜き挿しを行うと、引き抜くたびに亀頭もどきのエラによって膣穴の蜜液がブシュッブシュッとかき出され、恭子の顔に降りかかる。

「はうんっ！　気持ちいいっ！　私、これだけでイッてしまいそうよ」

いよいよブーメランパンツの中のオウムを解き放つ時がきた。恭子の腰を左手で支えて中腰になり、右手でパンツを下ろすと、ブルンッと音を立てて勃起ペニスが飛び出す。

「きゃあっ！　岡崎さんのオチ×チン、下から見上げると、鎌首をもたげた大きなハブにそっくりだわっ！　そんなに大きなオチ×チン、やっぱり無理よっ！　お尻に入れるのなんて……やめてっ！」

恭子は口では拒絶の言葉を吐いてはいるが、肛門ドームは健気にも初めての訪問者を歓迎しようと、イソギンチャクのように窄まりをヒクつかせている。

「大丈夫ですよ。お尻の穴の受け入れ準備は整っています。恭子先生のアナル処女、いただきますよ」

勃起ペニスの亀頭の先端を肛門ドームに押し当て、腰を突き下ろす。

ドーム状に盛り上がった窄まりを肛門の中に押し込むようにして、パンパンに膨らんだ亀頭が肛門括約筋を突破した。

「は、入ったのねっ！　岡崎さんのオチ×チンが……お、お尻の穴にっ！」

肛門括約筋の締めつけはきついものの、盛り上がった窄まりは柔軟性に富んでいるらしい。恭子はアナル破瓜の痛みも感じておらず、肛門括約筋の内側に押し込まれた窄まりは、直腸粘膜と連動して収縮と弛緩を繰り返し、勃起ペニスを奥へ奥へと引きずり込もうとする。

「なんて気持ちいいんだっ！　恭子先生のお尻の穴、僕のチ×ポを奥へ奥へと誘ってますよ」

「おタニ様も、恭子先生のホーミーに引きずり込まれてるわっ！」

僕と黄泉呼はそれから十五分にわたり、勃起ペニスと白珊瑚ディルドを長谷川恭子の肛門と膣穴に抜き挿しした。時に突き入れと引き抜きのタイミングを合わせ、時にタイミングをずらして、恭子に様々な喘ぎ声を上げさせた。

マングリ返しで宙に浮いた両脚に痙攣が走ったと思ったら、恭子は驚異的な背筋力を発揮して背中を反らそうとする。

「も、もう駄目っ！　こんなにすごい快感、耐えられないわっ！　恭子、イキますっ！　イクッ！　イクッ！」

「さあ、恭子先生、お潮を盛大に噴き上げるのよ」

長谷川恭子が喉も枯れんばかりの絶叫を上げるのと同時に、黄泉呼が極太ディルドを膣穴から勢いよく抜き去った。

ブシャァァァァッ！

ディルドの太さそのままにポッカリと開いた長谷川恭子の膣穴から、大量のイキ潮が噴き上げられた。その噴射は僕の胸や顔を直撃し、恭子自身や黄泉呼の身体にも降り注ぐ。イキ潮噴射の最中、厳しい肛門括約筋の締めつけと直腸粘膜の絞り上げに見舞われた勃起ペニスは、ついに耐え切れなくなり、直腸の奥深くに何度も精液をしぶかせた

全身に自らのイキ潮シャワーを浴び、直腸に熱い精液を注ぎ込まれた長谷川恭子は意識を閉じ、穏やかな眠りに落ちていった。

第五章　黒幕の金髪美女が自らハマった蜜の罠

二穴責め絶頂による失神から回復した長谷川恭子は、黄泉呼の執拗なクリトリス嬲りに喘ぎながら、告白を始めた。

長谷川恭子は三年前、野遊里島でフィールドワークをした際、亀ノ大頭神社の裏山に分け入り、苔むした岩場が広がる沢と、その奥に小柄な人一人がようやく入ることができる小さな洞穴を見つけた。その一帯は大月奈々子一族が所有する土地であり、高木不動産のリゾート開発予定地内でもあった。

そして、その洞窟に何とか身体を滑り込ませた恭子は、入り口からは想像できないほどの大空間と、その一面にシメジに似たキノコが群生しているのを発見した。岩場にむしたコケと洞窟に群生するキノコを採取して持ち帰り、研究室で調べたところ、どちらも野遊里島固有の新種のコケとキノコだと分かった。恭子はそれぞれをノユリゴケ、ノユリシメジと命名した。

そして、その成分を詳しく分析して、ノユリゴケには強力な催眠成分と催淫成分が含まれていることを突き止めたというのだ。

「ああんっ！　よ、黄泉呼さん、そんなに強くクリちゃんをイジられたら、お話が続けられないわ」

「分かった。じゃあ、今度はお尻の穴を嬲ってあげるわ」

黄泉呼の指がクリトリスを離れ、破瓜されたばかりの肛門に移った。恭子の肛門の窄まりは、大した抵抗を見せることなく、黄泉呼の中指を受け入れた。

「ああんっ！　せ、世界的な医学雑誌にノユリゴケとノユリシメジに関する論文を発表するつもりで準備を進めていたとき、フランス留学時代の研究仲間だったドロシー・ローズがたまたま沖縄を訪ねてきたの」

ドロシー・ローズはアメリカ人だが、当時も今もドイツのエロマンティン製薬の東京支社長を務めている。彼女に請われるまま、深く考えもせずにノユリゴケとノユリシメジのサンプルを渡したという。

「でも、そんな珍しい植物なら、予定通り論文を発表して保護を訴えればいいんじゃないですか？　リゾート計画を変更して保護した上で、そのキノコとコケを観光資源として活用できるかもしれませんよ」

僕が美和さんの受け売りのセリフを言うと、黄泉呼は、そうだと言うように恭子の肛門に抜き挿しする指のストロークを大きくした。

「ああんっ！　そんなにまたお尻の穴をズコズコされたら……」

「もったいつけずに、早く答えればいいでしょ」

「わ、分かったわ。それから一カ月ほど後にドロシーがまたやって来て、ノユリシメジの研究を断念して、野遊里島のリゾート開発を阻止すれば、ノユリゴケの研究費用として琉球バイオサイエンス大学に十億円を寄付すると言ってきたの。そして、ウチの大学と彼女の会社との間で、そのことを記した覚書を秘密裏に交わしたのよ」

「十億円とは、また随分と奮発したものね。ますます怪しいわ」

「私も何かあるとは思ったけど、結局、私は黄泉呼さんに催眠と催淫の効果があるノユリゴケを使った祈祷のやり方を伝授して、黄泉呼さんから大地主である大月菜々緒さんにリゾート開発反対の嘘のお告げをしてもらったの。私とドロシーの関係は、こ、これがすべてよ」

　恭子が話し終わっても、黄泉呼は恭子の肛門嬲りをやめない。

「いいえ。まだ話すことがあるはずだわ。恭子先生とドロシーは、ただのルームメイトだったのかしら？　二人の間にはもっと特別な……エッチな関係があったんじゃないかしら？」

　長谷川恭子の顔が引きつった。どうやら図星だったらしい。

「ど、どうして、そんなことが……？」

「慎太郎さんからアナルセックスの経験を聞かれたとき、排泄器官で男の人と交わったことはないって言ってたでしょ？　じゃあ、女の人とはあるのかなって思ったの。それで、恭子先生のお尻の穴に指を入れたとき、恭子先生のお尻の穴、指で責められ慣れてると感じたの。今だって、窄まりや直腸粘膜が、私の指をまったりともてなしてくれているわ」

　確かに、勃起ペニスを突き入れた際、肛門括約筋と直腸粘膜は侵入者を奥へ奥へと引きずり込むような動きを見せていた。長谷川恭子のアナルは処女ではなかったのだ。

黄泉呼はさらなる説明を求めて、中指に加えて薬指も挿入して肛門嬲りのストロークを激しくする。

「はううううんっ！　分かったわっ！　よ、黄泉呼さんの推測通り、ドロシーとはレズだったのよっ！　お互いのヴァギナを双頭のディルドで責め合いながら、相手のお穴を二本指でズコズコしたり、逆にディルドをお尻の穴に挿入して、ヴァギナをズコズコし合ったりするのっ！　それで二人とも、お潮を噴き上げながら、何度も何度もイキまくったわっ！　こ、これでいいでしょ！」

ようやく得心がいった黄泉呼は穏やかな表情を見せ、祈祷に訪れた信者を諭すような口調で話しかける。

「恭子先生、正直に話してくださったお礼に、今度は私がおタニ様でお尻の穴を責めながら、クリちゃんも可愛がってあげますね」

「ええっ？　慎太郎さんのオチ×チンはいただけないの？」

「だって、恭子先生はさっきお尻にいただいたでしょ。最後に私がいただく分を取っておくのよ」

黄泉呼の言葉を聞いた僕は、黄泉呼に気づかれないように鼻の穴に塗ったワセリンをハンカチで拭《ぬぐ》い、大きく深呼吸をした。ノユリゴケの催淫成分を身体に取り入れるためだ。

翌日すぐに那覇のホテルに戻り、直属の上司の藤堂美和さんの部屋を訪れ、美和さんのフェラチオを受けながら経過を報告した。僕はチノパンとトランクスを下ろしてソファーにふんぞり返り、美和さんは僕の足元に正座して熱心に頭を前後に振っている。この光景を見る者がいたら、僕が若い上司で、美和さんが年上の部下と思うに違いない。

ひと通り報告を聞き終えた美和さんは、フェラチオを手コキに変える。

「そのノユリシメジが、長谷川恭子とドロシー・ローズが隠したい秘密だったわけね。でも、あなたと黄泉呼さんの二人がかりで責められたとはいえ、長谷川恭子は十億円をフイにするかもしれない告白をよくしたわね」

「昔の研究者仲間の誘いについ乗ってしまったけど、ずっと学者としての良心が咎《とが》めていたと言っていました。それで、これからどうするんですか？」

「そ、それは、あなた次第よ。オマ×コがいい？　それとも……」

「いえ、その『これから』じゃなくて、社としての対応は？」

「ああ、そっちの『これから』ね。そうね。まずは、計画を変更して、高木不動産としてはリゾート開発にあたってノユリシメジとノユリゴケを保護するという記者会見を開くの。その席に発見者として長谷川恭子も出席してもらって、その功績を高く評価したとして彼女の研究室に十億円を寄付すると発表する……というのはどうかしら？　リゾート開発を進めることができて、おまけに世界中に『高木不動産は環境に優しい会社だ』ってアピールできれば、十億円なんて安いものよ」

見事な作戦だが、事は簡単にはいかなかった。琉球バイオサイエンス大学から寄付を辞退するとの連絡を受けたエロマンティン製薬が、学長宛てに公式の抗議文書を送りつけてきた上に、近々ドロシー・ローズが大学学長と直談判するために沖縄にやって来るというのだ。

そこで、美和さんから僕に、新たなミッションが下った。

「エロマンティン製薬がなぜ、そこまでノユリシメジにこだわるのか……あなたのデカマラと絶倫でドロシーをイカせまくって、その秘密を聞き出してちょうだい。頼んだわよ」

さっそく高木不動産調査部にドロシー・ローズの身辺調査を依頼し、数日後にメールで調査結果を受け取った。

それによると、ドロシー・ローズは一九七四年、アメリカ中西部オハイオ州生まれの四十八歳。地元の州立大学を苦学して卒業後、フランスのソラボンヌ大学大学院に進み、その学生寮で長谷川恭子と同室になった。その後、ドイツのエロマンティン製薬に入社し、五年前に日本支社長に就任したエリートビジネスウーマンだ。この五年間でほぼ完璧な日本語もマスターしたという。

メールの添付ファイルを開いて驚いたのは、調査部が撮影したドロシーの近影だ。通勤風景のほかゴルフ場でプレーしている写真も含まれている。

そのいずれも、外資系製薬会社の支社長というお堅いイメージとはかけ離れたものだった。輝くようなセミロングの金髪、ダークブルーの瞳、ややポッテリした唇……コケティッシュな美貌は、その昔、世界中の男たちのペニスを勃起させた伝説のポルノ女優にそっくりだ。

通勤風景は、運転手付きドイツ製高級セダンから下りるときのもので、ドロシーは淡いピンク色のスカートスーツを着ている。タイトなスカートはムッチリした太ももの半ばまでしかなく、地面に足を下ろす際には鼠径《そけい》部までずり上がる。あるワンショットには、ストッキングを穿いていない生太ももはおろか、無毛の陰裂に今にも食い込みそうな黒いハイレグパンティーの股布まで写っている。

ライトブルーのワンピースのゴルフウェアも、身体の線も露わな伸縮性に富んだ超ミニだ。V字に大きく開いた胸元からこぼれ出てきそうな乳房にも、付け根ギリギリまで露わな太ももにも、純白の肌に青白い血管が透けて見える。ショットするドロシーを後ろから撮った写真には、アンダースコートではなく、谷間にTバックパンティーを食い込ませた尻山が半分以上も写っている。ちなみに、この日一緒にラウンドしたのは大手医療法人理事長で、ドロシーのスコアは九五だったという。

ドロシー・ローズもまた、長谷川恭子と同じ露出狂のようだ。ソラボンヌの学生寮でレズ関係になった際、二人の露出癖が同時に花開いたのか。

この調査資料を受け取った翌日、長谷川恭子からドロシーが沖縄に来たとの連絡が入った。ドロシー・ローズの滞在先を教えてくれ、こう付け加えた。

「厄介な相手に対しては、美貌と熟れた肉体を惜しみなく使ってハニートラップを仕掛けるのが、ドロシーの常套《じょうとう》手段よ。慎太郎さんも気をつけてね」

その日の午後、ドロシーの宿泊先のホテルに電話すると、ドロシーは「お噂は恭子さんから聞いています。よろしければ、明日にでもお会いしたいのですが……」と言ってきた。僕が「では、まずはゴルフでもしながら親交を深めましょう」と誘うと、ドロシーはすんなりとＯＫした。

実は、この三カ月ほど、那覇にいる間はゴルフの練習に励み、美和さんと一緒に何度かコースにも出て、僕も九〇台のスコアで回ることができるようになっていたのだ。美和さんが、会員になっているゴルフクラブに予約を入れ、二人だけでのラウンドの予約と、ＶＩＰ用に用意されている最高級のレンタルクラブ一式を手配してくれた。

翌日、ゴルフ場のクラブハウス正面玄関でドロシーの到着を待っていると、露出狂だとにらんだ通り、ドロシーは太ももの付け根近くまで露わな超ミニのフレアスカートを穿いてタクシーから降り立った。上半身はピッチリとしたポロシャツに包まれ、ラグビーボールを真っ二つに割って貼りつけたような乳房が、ボタンを三つ外した胸元の布地を突き上げている。

「突然のお誘いだったので、こんなウェアしかなくて……」

露出の多いウェアだけでなく、髪の色や形から、顔立ち、化粧のし方、豊満な肉体での科《しな》の作り方まで、例のポルノ女優そのままだ。

海沿いの高台にあるそのコースは平素から海から噴き上げる風が強く、この日も、ドロシー・ローズが穿いている純白の超ミニのフレアスカートの裾は、海風によってしばしば腰の上までまくり上げられる。スカートの下には、やはり純白のハイレグ&Tバックのパンティーしか着けておらず、無毛の恥丘の盛り上がりと肉付きのいい尻山を見せつけてくる。美和さんのエロいゴルフウェア姿を見慣れていなかったら、途中でドロシーの尻山に抱きついていたかもしれない。

手を出すのは辛うじて抑えたが、僕のペニスは勃起しまくりで、下半身にピッタリとしたスラックスの股間は、隠しようもなくモッコリと盛り上がった。ドロシーはドロシーで、それを見るたびに舌舐めずりするように目を細め、ゴクリと生唾を呑み込むのだった。

プレー終了後、ゴルフ場の女性用ロッカールームから現れたドロシー・ローズは、クラブハウスのロビーにいた男たちの視線を一身に集めた。淡いオレンジ色のスイングドレスにグレーの半袖ジャケットという大人しい色遣いながら、大きくV字に開いたドレスの胸元で、Ｅカップはある砲弾型の乳房が揺れている。ノーブラに違いない。

また、丈の短いドレスの裾はその名の通り、太ももの付け根ギリギリの高さでスイングしている。しっとりとした光沢は、シルクに違いない。そんな彼女を「アメリカの人気ポルノ女優」と紹介したら、疑う者はいないだろう。

その夜は、美和さんに時々連れられて行く料亭「酒膳　眞梨邑」のＶＩＰ用の奥座敷にドロシーを招待した。ゴルフ場から店に向かうハイヤーの中で、風呂上がりのドロシーの全身から発せられるブルーチーズのような発情臭と、超ミニのスイングドレスの裾からニョキッとむき出しになった二本の生太ももで頭がクラクラし、勃起ペニスの鈴口から先走り汁を漏らし続けた。

ひと足先に眞梨邑に乗り込んだ美和さんが、奥座敷の隣の部屋で待機している手はずだ。

奥座敷は十二畳ほどの広々とした書院造りで、シーサーを模した香炉が床の間に置かれ、長谷川恭子から分けてもらった乾燥ノユリゴケが焚かれている。僕は、ドロシーに気づかれないように鼻の奥にワセリンを塗った。

「素敵なお部屋だわ。それに、お香のいい香りも」

ドロシーはノユリゴケの煙を嗅いだことがないらしい。

「ローズさん、どうぞ、そちらの席へ」

床の間を背にした座椅子を指差すと、ドロシーはその上に膝を折り曲げて横座りした。座椅子に腰を下ろす際に軽やかなシルクのスイングドレスの裾がフワリと舞い上がり、その下にドレスと同色のハイレグパンティーを穿いているのが見えた。大きくV字に割れたドレスの胸元から覗く乳房が、天井のシーリングライトの光を受けて鈍く輝く。

大きな紫檀の座卓に置かれた前菜三品をつまみに、生ビールで乾杯をする。二人ともゴルフでたっぷりと汗をかいた上に、風呂上がりだから、喉がカラカラに渇いていた。ドイツの製薬会社の幹部だけあって、ビールの飲みっぷりは見事だ。たちどころに一杯目のジョッキが空になり、二杯目もほどなく空く。僕も彼女のペースに合わせて飲むのに苦労した。

ここまでのところ、お互いに仕事の話らしい話はしていない。ドロシー・ローズは、長谷川恭子が言った通り、「その美貌と熟れた肉体を使って僕にハニー・トラップを仕掛けようとしている」のは見え見えだし、僕はノユリゴケの催淫効果を使い、そんな彼女を返り討ちにしようとしているのだから、仕事の話などしなくて当然だろう。

仲居が二人に三杯目のジョッキを持ってきたとき、僕は密《ひそ》かにスマホの動画撮影のボタンを押して卓上に置き、トイレに行くふりをして座敷を出た。隣の部屋に入ると、美和さんがノートパソコンのディスプレーに見入っている。僕のスマホから送られてくる映像を見ているのだ。

「どうですか？　映りは」

「ご覧なさい。面白い光景よ」

美和さんの脇から覗き込むと、ドロシーがキョロキョロと周囲を伺い、ハンドバッグから取り出した小瓶を傾け、僕のジョッキに何やら液体を垂らしているところだった。

何食わぬ顔で奥座敷に戻ると、今度はドロシーが席を立った。本当にトイレに行くらしい。僕はその間に、二人のジョッキを取り替え、本来はドロシーのジョッキに入っているビールを半分ほど飲み干す。ちょうどそこにドロシーが戻ってきて、僕が手に持つジョッキが半分ほど空いているのを見て、ニヤリと笑った。

「さあ、ローズさん、それぞれのジョッキを空けて、次は泡盛にしましょう」

僕が飲み干すのを見届けたドロシーは、疑うそぶりも見せずに薬入りビールがまるまる一杯入ったジョッキを一気に飲み干した。しばらくすると、ドロシーの顔が赤らみ、額に汗がにじんできた。ドロシーの身体の変化から見て、身体を火照《ほて》らせる働きがあるらしい。ひと芝居打つことにした。

「ああ、何だか急に暑くなってきたな。ローズさん、上着を失礼しますよ」

ドロシーが僕に盛ろうとした薬がどんな代物は分からないが、暑がるふりをしてブレザーを脱ぎ、ポロシャツとチノパン姿になる。

「わ、私も失礼して、ジャケットを脱がせてもらうわ」

熱に浮かされたようなドロシーもつられて、グレーのジャケットを脱いだ。これまではジャケットに隠れて分からなかったが、超ミニのスイングドレスはタンクトップタイプで、ズッシリと量感のある乳房を支えるシルクの布が細い紐で吊るされている。両脇は腰骨の上まで遮る物がない。やっぱりノーブラだった。

ドロシーはそれでもまだ身体の火照りが止まらず、おしぼりで額の汗を拭う。ジョッキに垂らした液体は、やはり催淫剤だったようだ。自社製の催淫剤の薬効とノユリゴケの催淫効果が相俟って、ドロシー・ローズの性感神経が暴走しようとしている。その証拠に、シルクの布地の上からでも、ノーブラの乳房の先端で乳首がシコって、ポッチリと屹立しているのがはっきりと見て取れる。

「エアコンが効いていないのかしら？　ほ、本当に暑いわ」

「私も、脚を崩させていただきます」

胡座をかき、チノパンのファスナーを突き破らんばかりに勢いづく勃起ペニスを見せつけると、ドロシーの視線はそこに釘付けになり、胸の上下動は一層大きく、早くなった。

「ローズさん、何だか息が苦しそうですよ。この部屋には私しかいないので、遠慮は無用です。胸を寛げたらどうですか？」

これまでの経験で、窮地に陥っている女性は、ムチャぶりの提案に飛びつきやすいと学んだ。普通なら僕の頬の一つもひっぱたくところだが、生来の露出癖に加えて催淫剤とノユリゴケの催淫効果で性感をたぎらせているドロシーには、案の定、魅力的でもっともな提案と感じられたようだ。改めてチノパンを突き上げる勃起ペニスを見つめながら、ゴクリと唾を呑み込む。

「そ、そうね。昼間、一緒にゴルフをして打ち解けた仲ですものね。お言葉に甘えて、失礼させていただくわ」

ドロシーは、今度は僕の目をじっと見つめ、スイングドレスの肩紐を片方ずつ外し、腕から抜き去った。ドロシーの上半身がむき出しになる。

今度は、僕がゴクリと唾を呑み込む番だ。伝説のポルノ女優に似ているのは美貌だけではなかった。純白の肌は上気して薄紅色に色づき、ズッシリとした量感のある乳房の頂点で鮮やかな紅色の乳首が屹立している。その光景は、かつてレンタルDVDで観たポルノ映画の主人公そのままだ。

「きれいだっ！　なんてきれいなんだっ！　まるで女神のようですっ！」

「そ、そうかしら……この歳になると、そんな風にストレートにほめてくれる人がいないから、うれしいわ」

ドロシーはそう言うと、右手でセミロングの金髪をかき上げ、左手で両の乳房を持ち上げるポーズを作る。その熟れきった姿態の妖艶さ、座敷中に充満する発情した牝の淫臭とフェロモンの強烈さに、僕の下腹でズシンと衝撃が起こった。

それは脊髄を一気に駆け上がり、脳髄を痺れさせる。隣室でモニターを見ている美和さんの顔が一瞬だけ脳裏に浮かんだが、気がつくと、目の前にあったおしぼりを手に取って座卓を回り、ドロシーににじり寄っていた。

「ロ、ローズさん、汗をかいてますね。私が拭いてあげましょう」

僕は返事を待たず、産毛《うぶげ》が生えた背中をおしぼりで拭いてやる。

「ああんっ、冷たいおしぼりが気持ちいいわ」

「腋の下も汗でグッショリですよ。拭いてあげますね」

ドロシーの腕を片方ずつ高々と持ち上げ、腋窩に鼻を近づけて思い切り息を吸うと、脳髄にピンク色の靄がかかったような心持ちになる。やはり濃厚で大量のフェロモンが放出されているのだ。脳髄を痺れさせながら、毛穴一つ見えない腋窩を丁寧に拭く。

「はうんっ！　き、気持ちいいっ！　でも、拭いてもらったところは冷たくてスッとするけど……か、身体の奥は、逆にどんどん熱くなっていくわっ！」

「上だけじゃなく、下も脱いで裸になったらどうですか？　ぼ、僕が身体の中の火照りを鎮めてあげますよ」

「私」などと気取っている余裕はなくなり、思わず「僕」と言っていた。

「で、でも……お店の人が来たりしないかしら？」

「大丈夫です。僕が呼ばない限り、絶対に誰も来ません」

「そうなの？　じゃあ、お願いしようかしら」

ドロシーは、今や腰回りにまとわりつく布切れと化したスイングドレスを頭から脱ぎ捨て、ほとんど紐でしかないハイレグパンティーに手をかける。僕はそれを手で制した。

「待ってください。最後の一枚は、僕に任せてください」

「いいわ。お願いするわ」

僕は急いで座卓の上を片付けると、そこに鮮やかな藍染の座布団を二枚並べて敷き、ドロシーの身体を抱き上げた。見る者を圧倒するような乳房や肉付きの見事な尻山、ムッチリとした太ももを持つ彼女だが、抱き上げてみると意外と小柄で、体重も思いのほか軽いことに驚いた。

座卓の上に敷いた座布団の上に仰向けに寝かせ、足元に回って陰裂と尻山の谷間に食い込んでいるパンティーを引き剥がす。煌々と輝くシーリングライトの下で、一糸まとわぬ裸身を晒すドロシーは、待ちきれないといった風情で、純白の身体をくねらせる。立ち昇る牝臭がなお一層きつくなった。

「では、始めますよ」

僕はドロシーの両脚をほぼ一直線になるまで押し広げ、膝から下を座卓から垂らす。色素沈着のほとんどない生殖器官と排泄器官の全貌が姿を現した。

僕は金髪の陰毛を見てみたかったが、恥丘から陰核包皮、大陰唇、会陰、肛門の周囲に至るまで、完璧な脱毛処理が施されており、残念ながら、金髪の陰毛はもちろん、産毛の一本も、毛穴の一つも見えない。

色素沈着の少ない大陰唇は陰裂を挟んでこんもりとした盛り上がりを見せ、小陰唇はやや濃い紅色で、ほころびは小さい。紅色の餡子《あんこ》が少しはみ出たどら焼きを、縦に置いたようだ。

露出狂であり、自らの媚肉をハニートラップに利用することも厭《いと》わないドロシーの生殖器官にしては、可憐すぎると言える佇まいだ。

薄紅色に染まる大陰唇に守られた陰核包皮を押し開くと、充血して屹立したクリトリスが現れる。赤みを帯び、大粒のルビーのように輝いている。

そのクリトリスに窄めた唇をかぶせ、強く吸引する。舌に濃厚で強烈なブルーチーズの味を感じた。

「あああんっ！　い、いきなり……そんなに激しくされたら……」

続いて、舌先を螺旋状に回転させながら、吸引されて伸びきったクリトリスの根元から先端に向かって舐め上げ、舐め下ろす。

「す、すごい快感だわっ！　岡崎さんのクンニ、なんて上手なのっ！」

「本当に気持ちよくなるのは、まだこれからですよ」

強烈な吸引と舌先による愛撫に加え、歯列を使ってクリトリスの根元を甘噛みする。

「はうっ！　そ、それっ、き、気持ちよすぎるっ！」

さらに、甘噛みしたまま、女体の中で一番敏感で繊細なクリトリスの薄皮をこそげ取るように、歯列をゆっくりと先端に向かって移動させる。

「い、痛いっ！　痛いけど、気持ちいいわっ！　こ、こんなことってっ！」

ドロシーは傷ついた獣のような唸り声を上げると、いきなり背中を座卓から浮かせ、絶頂に達した。座卓の上に寝かせてから五分とたっていない。

「どうですか？　身体の火照りは鎮まりましたか？　それとも、これじゃないと駄目ですか？」

僕は立ち上がり、座卓の天板に敷いた藍色の座布団の上で、両脚をほぼ一直線に開いたままクリトリス絶頂の余韻に身悶えするドロシーを見つめながら、チノパンのファスナーを下ろし、勃起ペニスをつかみ出して見せてやる。

それは先端から先走り汁を垂らしながら、天を衝《つ》いて悠然と揺れている。下から見上げるドロシーの目が、大きく見開かれる。

「す、すごいっ！　涎《よだれ》を垂らしたキングコブラみたいだわっ！」

ドロシーはそう言うと、キングコブラに襲いかかる天敵マングースのような素早さで身体を起こすと、右手で勃起ペニスの根元をつかみ、左手のひらで両の睾丸を包み込む。

「今度は、私が味見をさせてもらうわ」

自らの美貌と熟れた肉体を使ったハニートラップを得意とするドロシーは、一体何人の男たちのデカマラをくわえてきたのか、大口を開けて勃起ペニスを一気に根元まで呑み込んできた。

「おおおっ！　ローズさんのような美しい人に……フェ、フェラしてもらえるなんて、光栄です」

こんな歯の浮くようなセリフも、外国人相手ならすんなりといえるから、不思議だ。

「私も、こんなに立派なペニス、久しぶりよ。たっぷりと……楽しませてもらいますからね」

ドロシーは座卓の端に腰かけ直し、改めて勃起ペニスをくわえると、本格的なフェラチオを始めた。ズズズッと音を立てて先走り汁を吸い上げながら、真っ赤な薔薇の花のような唇を勃起ペニスの根元まで滑らせる。さらに、顔を僕の陰毛に埋め、下腹に押しつける。パンパンに膨らんだ亀頭はドロシーの喉奥から食道の近くにまで達したようだ。狭隘《きょうあい》な喉の粘膜が、捕らえた獲物を呑み込もうと、奥へ奥へと蠕動する。

「こ、こんなに喉の奥まで……ローズさん、感激ですっ！」

見ると、ドロシーは睾丸を握っていた左手を自らの股間にあてがい、中指と薬指の二本で膣穴を激しくかき混ぜている。僕はドロシーの頭を両手でつかんで前後に大きく揺らし、亀頭を喉奥と口腔の間で出たり入ったりさせる。

「うぐっ、うぐっ、うぐっ……」

ドロシーはフランス人形のような青い目に涙を浮かべて僕を見上げるが、拒絶はしていない。薔薇の唇から漏れる喘ぎ声は、ドロシーが被虐《ひぎゃく》の淫悦に酔っていることを物語る。伝説のポルノ女優の口を蹂躙《じゅうりん》しているような錯覚と、亀頭のエラを喉粘膜ですり潰されるような痛みを伴った快感が合わさって、思わず腰が震えた。

七合目あたりまで射精感を募らせた僕は、慌ててドロシーの顔を下腹から引き剥がし、座卓の座布団の上に仰向けに押し倒した。このまま膣穴に挿入してイカせるのは簡単だが、それではドロシーからノユリシメジの秘密を聞き出すというミッションは果たせない。

すると、手をこまねいている僕に痺れを切らしたドロシーが、座卓の上で尻をこちらに向けて自ら四つん這いになった。大きな白桃のような尻山が、僕に挑むように突き上げられる。日本人にはない巨尻に目を奪われた。

「さっきから何をボーッとしてるの？　身体の奥の火照りを鎮めてくれるんでしょ。早くしてちょうだいっ！」

「す、すみません。ローズさんの立派なお尻に見とれてしまいました」

今さら引き返すわけにはいかない。虎穴に入らずんば虎児を得ずだ。ドロシーの唾液にまみれた勃起ペニスの先端を、蜜液がしたたる膣穴に押し当てると、紅色の小陰唇がしゃぶりついてきた。ゆっくりと腰を押し出していき、巨尻に似合わず狭隘な膣口に亀頭を潜り込ませる。

すると、細かい粒粒がビッシリと貼りついた膣粘膜が亀頭にまったりと絡みついてきて、こちらから押し進めなくても、勃起ペニスは奥へ奥へと引きずり込まれていく。そして、亀頭の先端が子宮口に届くと、膣粘膜が緩んで勃起ペニスの後退を促す。亀頭を膣口近くまで引く抜くと、またもや膣粘膜がまったりと絞り上げてきて、奥へ奥へと引きずり込まれる。膣粘膜の絞り上げと弛緩により、勃起ペニスの抜き挿しをコントロールしているのだ。

「ロ、ローズさんの、お、おオマ×コが僕のチ×ポをもてなしてくれているっ！

なんて気持ちいいんだっ！」

ドロシー・ローズが数々のハニートラップを仕掛け、ことごとく成功させることができたのは、ただ単に美貌と抜群のスタイルという外見だけのせいではなかった。僕がこれまでにセックスをした日本人女性の中で、これほど強靭《きょうじん》で巧みな膣穴の緊張と弛緩を見舞ってきた者はいなかった。強いて言えば、日本人女性とのアナルセックスのような絞り上げと弛緩なのだ。

「私も、とっても気持ちいいわ。お礼に、岡崎さんのペニス、もっと気持ちよくしてあげます」

僕の方を振り向いたドロシーは、その横顔に不敵な笑みを浮かべると、絞り上げと弛緩のタイミングを逆にしてきた。勃起ペニスを挿入するときは膣粘膜を弛緩させ、後退させるときに絞り上げる。亀頭のエラの裏側が粒立ちのいい膣粘膜にこすられ、亀頭全体が強風にあおられた傘のように裏返しにされそうな感じを覚え、背筋にゾクゾクする悪寒にも似た快感が走る。自分の膣穴の性能と男の性感を知り尽くしているのだ。

「くううっ！　こ、こんなに強烈に絞られるのは初めてだっ！」

ディープスロートで七合目まで押し上げられていた射精感が、一気に九合目まで跳ね上がる。このままではミッションを果たすどころか、美和さんの信頼までも失いかねない。何か打つ手はないのか？

ふと眼下を見ると、肉づき豊かな尻山の狭間で、鮮紅色の肛門の窄まりが、自らの存在を主張するように大きく息づいている。刻みの深い放射状のシワが、深淵のような中心に向かって雪崩《なだ》れ落ちている。それを見た瞬間、長谷川恭子の言葉を思い出した。

「お互いのヴァギナを双頭のディルドで責め合い、相手のお尻の穴を二本指でズコズコしたり……」

ドロシーは生殖器官をディルドで突かれながら、排泄器官を長谷川恭子の二本指でズコズコされ、アナル絶頂を貪《むさぼ》ったのだ。ミッションを果たす方法がひらめいた。

ドロシーの膣穴からしたたり落ちる蜜液を右手の中指と薬指ですくい、肛門の窄まりに塗りつける。

「はうっ！　こ、こんなときに……ア、アヌスを責められたらっ！」

本来なら、刻みの深いシワの一本一本にしみ込ませるように塗っていくのだが、射精が切羽詰まっている今は、そんな余裕はない。ドロシーの反応からして、肛門が弱点なのは明らかだ。

ドロシーの蜜液にまみれた中指と薬指を真っ直ぐに伸ばして揃え、肛門の窄まりにズンッと根元まで突き入れる。細くてしなやかな長谷川恭子の指と違って、太くて節くれ立っている二本指は、余計に効くはずだ。

「おおおおっ！　だ、駄目だって、言ったのに……！」

ドロシーの肛門括約筋が二本指の根元を締めつけ、膣粘膜が細かく痙攣し始めた。厳しい絞り上げから解放され、今度は勃起ペニスの抜き挿しが、楽にできるようになった。

攻守が入れ替わったのだ。一気に責め堕とすチャンスだ。膣穴への勃起ペニスの抜き挿しと、肛門への二本指の抜き挿しのタイミングを合わせたり、わざとずらしたりして、ドロシーの二穴を変幻自在に責めまくる。

「ああああっ！　そ、そんなことっ！　オー・マイ・ゴッド！」

よくあることだが、本人がいくら口で駄目だと言っても、肛門の窄まりは二本指による責めを歓迎している。その証拠に、紅色の窄まりは二本指の激しい抜き挿しに翻弄されながらも、懸命に吸いついてくる。直腸粘膜も粘液を分泌し、ストロークの滑りを円滑にする。

「ふうううんっ！　も、もう駄目っ！　駄目よっ！」

二穴責め絶頂が近いのだ。僕は肛門の窄まりから二本指を引き抜き、次いで勃起ペニスを抜き挿しする腰の動きを止めた。

「ど、どうして？　もうちょっとでイケたのにっ！」

絶頂への梯子を突然外されたドロシーは、非難がましく僕を睨みつける。

「だって、ローズさんが駄目だって言うから……やめたんですよ」

「こんなときの『駄目』は『もっと続けて』の意味でしょっ！　そんなことも知らないの？」

「でも、どうしてそうなるんですか？　素直に『もっと続けて』と言えばいいじゃないですか」

「レディーの口から、そ、そんなこと言えるわけないでしょ。それに、駄目だって言っても続けられたら、男の人に無理やり犯されてるみたいで、もっと、もっと気持ちよくなれるのよ」

「へえ、そうなんですか。ローズさんの言葉と反対にすればいいんですね？」

人気ポルノ女優ばりの妖艶さでハニートラップを仕掛け、男たちを手玉に取ってきたドロシー・ローズも、根は被虐の悦楽を求めるマゾだった。いつもは女王様のように悠然と振る舞っているが、今夜は催淫剤とノユリゴケの催淫効果によって性感がかき立てられ、隠されていたマゾ性癖が表に現れたらしい。ドロシー・ローズの弱点を捉えたようだ。

「分かったら、さっさと、さっきの続きを始めなさいっ！」

改めて二本指をドロシーの肛門の窄まりに挿入し、膣穴の勃起ペニスと一緒に抜き挿しを再開する。ドロシーは満足そうにうなずくと、目を閉じて自分だけの快楽の世界に没入する。

「おおおおっ！　いいわっ！　その調子よっ！　もっと……お願いよっ！」

さっきは「もっと続けて」なんて言えないと言っていたはずだ。僕は、またも絶頂に登り詰める寸前で、二本指も勃起ペニスも根元まで突き入れたところで動きを止める。

「な、何よっ！　どうして、またやめてしまうの？」

「だって、ローズさんが言ったことと反対をすればいいと……だから、もっとお願いと言われたので、ストップしたんです」

「わ、分かったわ。これからは、私が言った通りにしてっ！　いいわね？」

「承知しました。でも、その前に、僕の質問に答えてもらえますか？」

僕は勃起ペニスを膣穴に深々と挿入したまま、ドロシーの肛門の窄まりに挿入した二本指を直腸の中で曲げ、ゆっくりと抜き挿しする。直腸粘膜の襞襞を指先で軽く引っかくのだ。

「こ、こんなときに質問だなんてっ！　何なのっ？　聞きたいことがあるなら、は、早く聞きなさいっ！」

右手の二本指での直腸の引っかきに加えて、左手を脇から股間に回し入れ、先ほどずる剥けにしたクリトリスをくすぐる。どちらもソフトな刺激にとどめ、絶頂に登り詰めるようなものではない。ドロシーはもっと強い刺激を求め、腰を振ろうとするが、勃起ペニスが楔《くさび》のように膣穴に深々と打ち込まれているので、思うように動けない。これまでの経験では、こういうときは相手の意表を突き、ズバリ本題に入るのが一番だ。

「ローズさんはなぜ、ノユリシメジを秘密にしたいんですか？　十億円出しても惜しくないノユリシメジの秘密って何ですか？」

催促がましく振られていた腰がピタリと止まり、ドロシーが振り向いて僕を睨みつける。

「あ、あなた、どうして、そ、それを？」

「琉球バイオサイエンス大学の長谷川恭子先生に聞いたんですよ。あなたのレズ友でもある長谷川先生です」

「そ、そんなことまでっ？　きょ、恭子が私を……裏切ったのねっ！」

「ローズさんこそ、かつての研究仲間で長年のレズ友に隠して、一体何を企んでいるんですか？」

直腸粘膜の引っかきとクリトリスのくすぐりを少しだけ強めてやると、ドロシーは敏感に反応した。

「はうっ！　わ、私の身体、おかしいと思っていたけど、あなた……私のジョッキとあなたのジョッキ、交換したのねっ！　ひ、卑怯よっ！」

「そうですけど……でも、最初に薬を盛って僕を何とかしようとしたのは、ローズさんのほうですよ」

「あの薬は開発中の催淫剤で、どんなに年取った男でもペニスが勃起し、干上がった女の膣穴でも蜜液が溢れ出す効果があるのよ。そ、それを、私に飲ませただなんて……」

「それだけではありません。床の間で焚かれているのは、こちらも強烈な催淫効果があるノユリゴケです。ローズさんの性感は、ダブルの催淫効果で、煮えたぎっているはずですよ」

「ノユリゴケ？」

「そうです。あのノユリゴケです」

ドロシーの顔に諦めの表情が広がり、次いでその目に鈍い淫蕩な光が宿る。

「あの薬とそのノユリゴケを使われたら、抵抗しても無駄だわ。どうせ、あなたの焦らし作戦に負けて……最後には白状させられるんだわっ！」

「じゃあ、ノユリシメジの秘密を話してくれるんですね？」

「話したら、あなたのチ×ポで……私をイカせてくれるのね？」

ドロシーが直腸粘膜とクリトリスを弄《もてあそ》ばれながら話した内容は、およそ次のようなものだった。

野遊里島で採取したノユリゴケとノユリシメジをドイツにある本社の研究室で分析したところ、長谷川恭子の分析結果の通りに、ノユリゴケには催淫効果と催眠効果があることが分かった。さらに、ノユリシメジにはなんと、世界最先端のその研究所で開発中の認知症治療薬の主成分と似ており、より効果の高い成分が含まれていることが判明したのだ。

そこで、ノユリゴケとノユリシメジが生息するあの一帯をエロマンティン製薬が買い占め、莫大な富をもたらすに違いないノユリゴケとノユリシメジの採取権を独占する計画を立てた。そのためには、高木不動産のリゾート開発を何としても阻止しなければならないというわけだ。

「でも、ノユリゴケを長谷川先生に研究させたわけは？」

最後のひと押しに、直腸粘膜の引っかきとクリトリスのくすぐりをさらに強めてやる。

「はううぅんっ！　より大きな利益が期待できるノユリシメジを使った認知症治

療薬の開発に資金と人材を集中するためよ。ノユリゴケによる医薬品は恭子に開発してもらって……あああんっ、後で特許をエロマンティン製薬が取得すればいいのよ」

「ローズさん、ありがとう。約束通り、イカせてあげますよ。でも、さっきと同じじゃあローズさんも飽きてしまうでしょうから、ちょっと趣向を変えてみますね」

僕は長谷川恭子が言った「逆にディルドをお尻の穴に挿入して、ヴァギナをズコズコし合ったりするのっ！」という言葉を思い出していた。

膣穴から勃起ペニスを引き抜き、ドロシー・ローズを仰向けにして腰を大きく持ち上げる。いわゆるマングリ返しだ。ドロシーは僕に任せきって、されるがままになっている。

「ローズさんの可愛いお尻の穴を、いただきますよ」

「う、うれしいっ！　あなたの指でアヌスを刺激されて、私も久しぶりにアナルセックスをしたいと思っていたところよっ！　思いっ切り突いてちょうだいっ！」

ドロシー・ローズの膣穴が超名器だったのと同様に、排泄器官も絶品と言っていい第二の生殖器官となっていた。僕はそれから約三十分にわたり、ドロシーの肛門括約筋のきつい締めつけと直腸粘膜のまったりとした絞り上げを満喫した。もちろん、膣穴を二本指でズコズコすることも忘れない。

ドロシー・ローズはその間に、三度のイキ潮絶頂に達した。そのたびに座布団でイキ潮噴射に蓋をしたため、一枚は完全にイキ潮浸しになった。

その後、身支度を整えてから、美和さんも交えて三人で琉球王朝の宮廷料理に舌鼓を打ち、最高級泡盛を堪能した。でも、途中から僕の隣に座ったドロシーが僕にしなだれかかり、しきりと口づけを迫ってくるのには閉口した。なぜなら、そのたびに、美和さんが恐ろしい顔で睨みつけてきたからだ。

エピローグ　記念式典の破廉恥騒ぎが全世界に中継

「那覇ハーリー」「琉球王朝祭」と並ぶ那覇三大祭の一つ「那覇大綱挽《おおつなひき》」が終わっても、まだまだ残暑厳しきこの日、那覇市内の最高級ホテルの宴会場には、日本だけでなくドイツをはじめ世界中のメディアが詰めかけ、記者会見の開始を待っている。壇上には「野遊里島村・高木不動産・エロマンティン製薬　野遊里島開発プロジェクト提携契約調印式」という長ったらしい看板が掲げられ、一段高い壇上には背の高いスツールが四脚並んでいる。

定刻になって、壇上に四人の女性が現れると、途端に会場がざわつき、カメラのフラッシュが一斉に焚かれ、テレビカメラのライトが煌々と点灯された。ワンピースやスカートスーツとタイプは違えど、四人が四人とも女優かモデルかと思うほどの美熟女で、しかも、全員が太ももの付け根近くまで露わなミニスカートだったからだ。彼女たちの太ももをアップで捉えたカメラマンたちは、そこに青白く透けて見える血管を発見し、四人とも生脚だと気づいたはずだ。

登壇したのは、高木不動産リゾート開発推進本部長・藤堂美和、エロマンティン製薬東京支社長ドロシー・ローズ、沖縄県野遊里島村村長・多仲美波、琉球バイオサイエンス大学准教授・長谷川恭子の四人で、野遊里島のリゾート開発計画と、島固有の稀少植物ノユリゴケとノユリシメジの保護および医薬品開発について、四人でシンポジウムを行うのだ。

およそ三十分にわたるシンポジウムでは、まず多仲村長が野遊里島の貴重な自然について語り、次いで長谷川恭子が野遊里岳の麓で新種のコケとキノコを発見した経緯を話し、ドロシー・ローズがそのコケとキノコを使った新薬開発について説明し、最後に美和さんがリゾート開発と自然保護の共生について発表した。

だが、会場で四人の話をまともに聴いている者は、女性記者を除けば皆無と言ってよかった。背の高いスツールに腰かけた四人のスカートの裾が尻山の半分近くまでずり上がり、角度によっては生パンティーの股布が丸見えとなったからだ。

シンポジウムに続き、野遊里島村の多仲美波村長、高木不動産の高木耕太郎社長、ドイツからわざわざ来沖したエロマンティン製薬のカール・シュルツ社長による調印式が行われた。

最後のフォトセッションで、再び四人の美熟女が壇上に並んで立つと、合計八本の形のいい太ももが煌々たるライトに照らされた。調印式の間は大人しく撮影していたカメラマンたちが一斉に舞台の下に殺到し、ローアングルからしきりと四人の股間を狙う。

「やっぱり、熟女の太ももに勝る宣伝材料はないわね」

フォトセッションも終わり、舞台の袖から見守っていや僕の横に立った美和さんが、いつもの持論を繰り返した。美和さんの思惑通り、今夜のテレビニュースと明日のワイドショーで大々的に取り上げられるに違いない。

だが、その夜、僕はテレビを観る時間などなかった。「酒膳　眞梨邑」の奥座敷で美和さんをはじめシンポジウムに参加した四人の美熟女の相手をしなければならなかったからだ。夕方から始まった特別接待が終わり、最後の一滴まで精を搾り取られた僕が解放されたときは、深夜を大きく回っていた。

それから五年後、僕は竣工したばかりの「TAKAGIリゾート野遊里島」の総支配人に就任した。半年前に世界各地の高級リゾートを巡る研修の旅から帰国して以来、この島に常駐し、研修の成果を生かして世界に恥じないリゾートに仕上げるための最終調整を行ってきた。ゴールデンウィークを一週間後に控えた明日は、そのグランドオープンを記念する式典が行われる。

僕はグランドオープン初日のホテルの宿泊者名簿をチェックしていて、真っ青になった。そこには知っている名前がいくつも並んでいたからだ。

僕が入社一年目に管理人を務めたマンションから四人、高木不動産が最初に開発を手がけた大規模リゾート「TAKAGIリゾート伊豆大之島」の関係者も四人が名を連ねていたのだ。そのいずれもが美熟女で、全員が僕と何度もアナルセックスをした間柄だ。

地元の沖縄関係では、多仲美波、ドロシー・ローズ、長谷川恭子のほかに土地を提供してくれた地主の大月菜々緒、亀ノ大頭神社宮司の黄泉呼が来賓として招かれており、明日のオープニングセレモニーで、黄泉呼が卑弥呼伝来の祈祷を披露する。さらに、民宿「やましろ」女将の山城文乃は民宿を廃業し、このホテル内のバーのママになった。銀座や六本木のクラブのママをつとめていてもおかしくない文乃さんの妖艶な美貌は、民宿の女将よりも夜の店の方が相応しい。

美和さんはこの間に本社の副社長に昇進し、このところ体調を崩している高木耕太郎社長に代わり、明日の式典で社を代表して挨拶することになっている。

明日は、美和さんを含めてこれまでにアナルセックスをした熟女、総勢十四人がこの野遊里島に集結するのだ。本土から来た八人は、観光だけが目的ではないはずだ。八人とも判で押したように、三泊四日の予定になっている。明日から三日間は寝る暇も、ペニスが乾く暇もなくなると覚悟したが、亀ノ大頭神社の御神体、おタニ様の気まぐれか、事態は思わぬ方向に転がっていった。

式典当日、初夏の陽光きらめく東シナ海を見晴らす庭に設営された巨大な天幕の下、芝生の上に並べられた数十脚のデッキチェアに参列者が座り、その後方で、国内外の新聞、テレビなどの記者やカメラマンがひしめいている。

司会者に促されて総支配人として挨拶するために壇上に上がると、最前列の席には八人の美熟女の懐かしい顔とムッチリとした太ももがズラリと並んでいるのが見えた。南国のリゾートだから肌の露出が多い服装も珍しくはないが、三十代から五十代の八人は半裸と言ってもよい大胆な出で立ちだ。セレブ主婦のほかに大手銀行の取締役や現職の国会議員までが露出度を競い、セレモニーを取材に来たマスコミのカメラの格好の標的となっている。

型通りの式典が終わり、セレモニーとして野遊里島の伝統の民謡や踊りが披露された後、いよいよ本日のメインイベントである「ＴＡＫＡＧＩリゾート野遊里島」の安全と発展を祈願する祈祷が行われる段になって、とんでもないハプニングが会場を襲った。

邪馬台国の女王卑弥呼の末裔にして沖縄最古の神社である亀ノ大頭神社の宮司を務める黄泉呼が、テントの中央に設置された護摩壇で参列者たちにグルリと取り囲まれ、護摩を焚いて祈祷するという趣向だったが、何かの手違いで、護摩と一緒に大量のノユリゴケが燃やされてしまったのだ。

折り悪しく風も凪《な》いでおり、天幕の中に催眠と催淫の効果がある煙が充満するにつれ、会場のあちこちからざわつきが沸き起こった。

「ああんっ、何だか……やけに暑いわ」

護摩壇に一番近い席にいる多仲美波村長が、黒いノースリーブのワンピースの胸元を広げれば、その隣に座っている露出癖のあるドロシー・ローズが、ダークグレーのスカートスーツの上着のボタンをはずしながら言う。

「どうしたのかしら、私……脱ぎたくなってきちゃった」

黄泉呼が古式ゆかしくも妖しい声音で祝詞を上げる中、会場のあちこちで、女たちは衣服をはだけ、太ももをモゾモゾとこすり合わせる。男たちは股間を手で隠し、わざとらしく咳《せき》払いをしたりする。

その後もノユリゴケの煙は朦々と立ち昇り、特設テントの中にいた者は老若男女を問わず、セレブもＶＩＰも乱れに乱れ、今ここで表現するのもはばかられる筆舌に尽くしがたい乱痴気騒ぎが展開されたのだった。

その模様は日本国内はもちろんＣ×ＮやＢ×Ｃなど海外メディアでも、モザイクやボカシ入りで大々的に報道され、総支配人の僕はクビを覚悟した。

だが、意外にも、翌日からメールやインターネットで全世界から予約が次々と入り始めた。海外のテレビニュースで民宿「やましろ」の近くにある白砂のビーチも取り上げられ、なぜか紐ビキニのボトムを陰裂に食い込ませて波打ち際で戯れる長谷川恭子の姿も一緒に紹介されたため、それを「東洋のヌーディストビーチ」と勘違いした好事家《こうずか》たちが一斉に宿泊を申し込んできたのだ。

僕は文乃さんに頼んで昼間だけ「やましろ」を再オープンしてもらい、宿泊客がビーチを利用する際の着替えや休憩の施設とすることにした。

美和さんがこうした大盛況ぶりを高木社長に報告し、僕の総支配人継続を具申してくれたおかげで、あれから三カ月がたった今でも、僕の首はつながっている。

また、乱痴気騒ぎした面々の中に多仲美波村長もいたため、地元の警察もこのビーチに限っては海水浴客が全裸になることを大目に見てくれている。


僕は今、東シナ海を見晴らす総支配人室の窓に藤堂美和副社長の両手を突かせ、その背中越しに水平線のかなたに沈む夕日を眺めながら、勃起ペニスで肛門の窄まりと直腸粘膜を堪能しているところだ。その美和さんが快感に歪《ゆが》む横顔を見せて振り向き、僕に新たなミッションを下した。

「はうっ！　ここの総支配人を一年ほど努めたら……マ、マンハッタンに超高層オフィスビルを建てる仕事を手伝ってもらうわ。いいわね？」

僕にいいも悪いもないのは、美和さんが一番よく知っている。僕は返事の代わりに、美しい女上司のアナルにありったけの精を放った。

〈了〉

※この作品は「紅文庫」のために書下ろされました。

紅文庫

嬉孔《きこう》アイランド 野《の》あそびで、イッテ

阿久根道人《あくねどうと》

2022年 11月 15日　第1刷発行

企画／松村由貴（大航海）
DTP／遠藤智子

編集人／田村耕士
発行人／日下部一成
発売元／株式会社ジーウォーク
〒153-0051 東京都目黒区上目黒 1-16-8 Yファームビル 6F
電話 03-6452-3118
FAX 03-6452-3110
印刷製本／中央精版印刷株式会社

ISBN978-4-86717-497-5

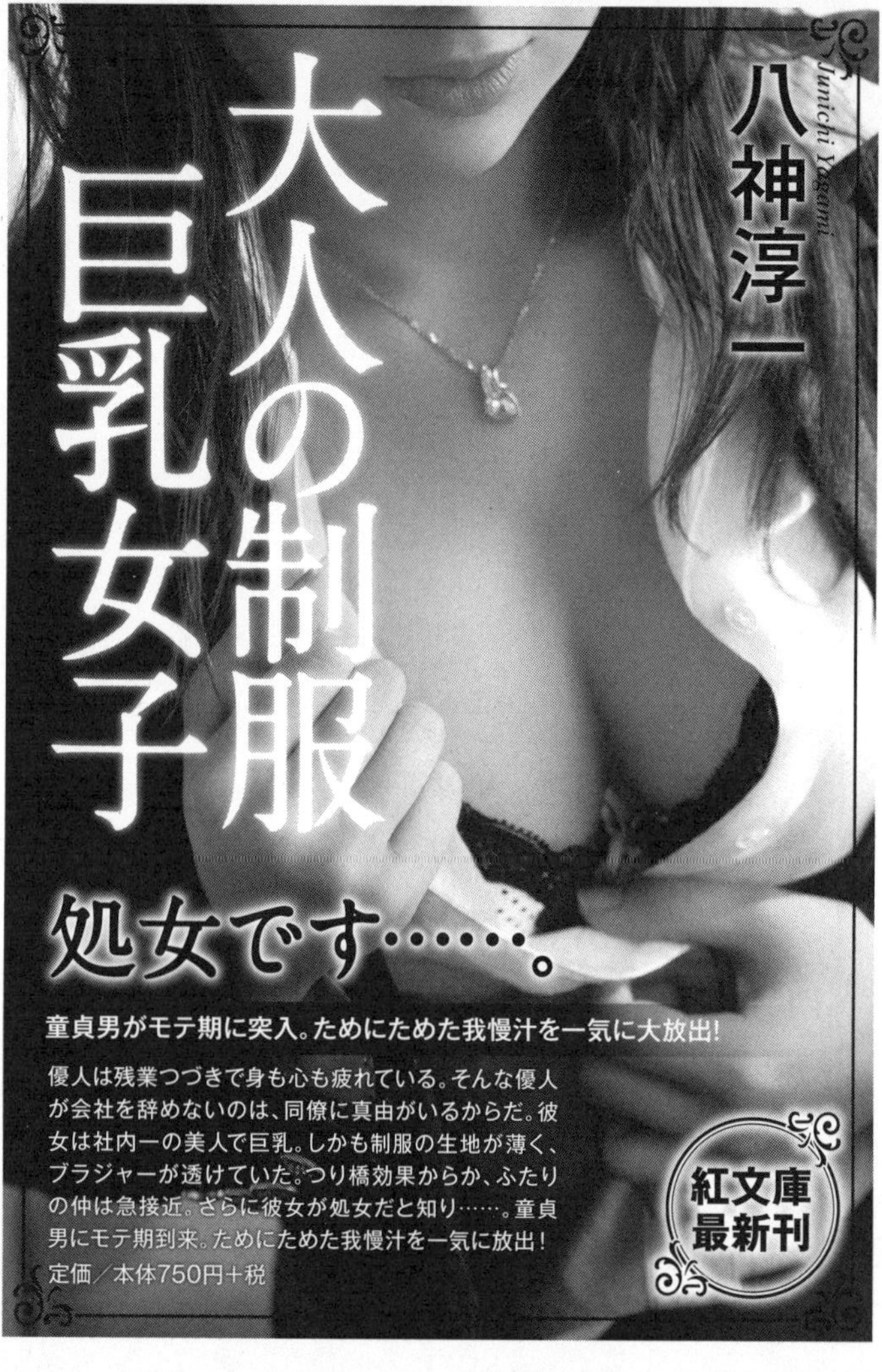
八神淳一
Junichi Yagami
大人の制服
巨乳女子
処女です……。
童貞男がモテ期に突入。ためにためた我慢汁を一気に大放出!
優人は残業つづきで身も心も疲れている。そんな優人が会社を辞めないのは、同僚に真由がいるからだ。彼女は社内一の美人で巨乳。しかも制服の生地が薄く、ブラジャーが透けていた。つり橋効果からか、ふたりの仲は急接近。さらに彼女が処女だと知り……。童貞男にモテ期到来。ためにためた我慢汁を一気に放出!
定価／本体750円＋税
紅文庫
最新刊